观　澜

文人的"朋友圈"和"文艺范儿"

《中国大百科全书》青少年拓展阅读版编委会　编

中国大百科全书出版社

图书在版编目（CIP）数据

观澜·文人的"朋友圈"和"文艺范儿" /《中国大百科全书》青少年拓展阅读版编委会编 . —北京：中国大百科全书出版社，2019.9

（中国大百科全书：青少年拓展阅读版）

ISBN 978-7-5202-0597-9

Ⅰ.①观… Ⅱ.①中… Ⅲ.①中国文学流派—青少年读物
Ⅳ.① I209.99-49

中国版本图书馆 CIP 数据核字（2019）第 208733 号

出 版 人	刘国辉
策划编辑	李默耘　程　园
责任编辑	程　园
封面设计	WONDERLAND Book design 仙境 QQ:344581934
责任印制	李　鹏
出版发行	中国大百科全书出版社
地　　址	北京阜成门北大街 17 号
邮　　编	100037
网　　址	http://www.ecph.com.cn
电　　话	010-88390739
印　　刷	蠡县天德印务有限公司
开　　本	710 毫米 ×1000 毫米　1/16
字　　数	84 千字
印　　张	7
版　　次	2019 年 9 月第 1 版
印　　次	2020 年 1 月第 1 次印刷
定　　价	32.00 元

序

百科全书（encyclopedia）是概要介绍人类一切门类知识或某一门类知识的工具书。现代百科全书的编纂是西方启蒙运动的先声，但百科全书的现代定义实际上源自人类文明的早期发展方式：注重知识的分类归纳和扩展积累。对知识的分类归纳关乎人类如何认识所处身的世界，所谓"辨其品类""命之以名"，正是人类对日月星辰、草木鸟兽等万事万象基于自我理解的创造性认识，人类从而建立起对应于物质世界的意识世界。而对知识的扩展积累，则体现出在社会的不断发展中人类主体对信息广博性的不竭追求，以及现代科学观念对知识更为深入的秩序性建构。这种广博系统的知识体系，是一个国家和一个时代科学文化高度发展的标志。

中国古代类书众多，但现代意义上的百科全书事业开创于1978年，中国大百科全书出版社的成立即肇基于此。百科社在党中央、国务院的高度重视和支持下，于1993年出版了《中国大百科全书》（第一版）（74卷），这是中国第一套按学科分卷的大百科全书，结束了中国没有自己的百科全书的历史；2009年又推出了《中国大百科全书》（第二版）（32卷），这是中国第一部采用汉语拼音为序、与国际惯例接轨的现代综合性百科全书。两版百科全书用时三十年，先后共有三万多名各学科各领域最具代表性的专家学者参与其中。目前，中国大百科全书出版社继续致力于《中国大百科全书》（第三版）这一数字化时代新型百科全书的编纂工作，努力构建基于信息化技术和互联网，进行知识生产、分发和传播的国家大型公共知识服务平台。

从图书纸质媒介到公共知识平台，这一介质与观念的变化折射出知识在当代的流动性、开放性、分享性，而努力为普通人提供整全清晰的知识脉络和日常应用的资料检索之需，正愈加成为传统百科全书走出图书馆、服务不同层级阅读人群的现实要求与自我期待。

《〈中国大百科全书〉青少年拓展阅读版》正是在这样的期待中应运而生的。本套丛书依据《中国大百科全书》（第一版）及《中国大百科全书》（第二版）内容编选，在强调知识内容权威准确的同时力图实现服务的分众化，为青少年拓展阅读提供一套真正的校园版百科全书。丛书首先参照学校教育中的学科划分确定知识领域，然后在各类知识领域中梳理不同知识脉络作为分册依据，使各册的条目更紧密地结合学校课程与考纲的设置，并侧重编选对于青少年来说更为基础性和实用性的条目。同时，在条目中插入便于理解的图片资料，增加阅读的丰富性与趣味性；封面装帧也尽量避免传统百科全书"高大上"的严肃面孔，设计更为青少年所喜爱的阅读风格，为百科知识向未来新人的分享与传递创造更多的条件。

百科全书是蔚为壮观、意义深远的国家知识工程，其不仅要体现当代中国学术积累的厚度与知识创新的前沿，更要做好为未来中国培育人才、启迪智慧、普及科学、传承文化、弘扬精神的工作。《〈中国大百科全书〉青少年拓展阅读版》愿做从百科全书大海中取水育苗的"知识搬运工"，为中国少年睿智卓识的迸发尽心竭力。

本书编委会
2019 年 9 月

目 录

古代文学

建安七子

中国建安年间（196—220）七位文学家的合称。最早提出"七子"之说的是魏文帝曹丕。他在《典论·论文》中说："今之文人，鲁国孔融文举、广陵陈琳孔璋、山阳王粲仲宣、北海徐幹伟长、陈留阮瑀元瑜、汝南应瑒德琏、东平刘桢公幹。斯七子者，于学无所遗，于辞无所假，咸以自骋骥骤于千里，仰齐足而并驰。"这七人大体上代表了建安时期除曹氏父子外的优秀作者，所以"七子"之说，得到后世的普遍承认。

"七子"的生活，基本上可分为前后两个时期。前期他们在汉末的社会大战乱中，尽管社会地位和生活经历都有所不同，但一般都不能逃脱颠沛困顿的命运。后期他们都先后依附于曹操，孔融任过少

府、王粲任过侍中这样的高级官职，其余也都是曹氏父子的近臣。不过，孔融后来与曹操发生冲突，被杀。与他们的生活道路相对应，"七子"的创作大体上也可以分为前后两个阶段。前期作品多反映社会动乱的现实，抒发忧国忧民的情怀。主要作品有王粲《七哀诗》《登楼赋》，陈琳《饮马长城窟行》、阮瑀《驾出北郭门行》、刘桢《赠从弟》等，都具有现实意义和一定的思想深度。但有些作品情调过于低沉感伤，如阮瑀《七哀诗》、刘桢《失题》"天地无期竟"等。后期作品则大多反映他们对曹氏政权的拥护和自己建立功业的抱负，内容多为游宴、赠答等。有些作品在颂扬曹氏父子的同时，带有清客陪臣口吻，显露出庸俗的态度。

"七子"的创作各有个性，同时也有一些共同的特点，这就是刘勰在《文心雕龙·时序》中所说的："观其时文，雅好慷慨，良由世积乱离，风衰俗怨，并志深而笔长，故梗概而多气也。"

"七子"著作，原集皆已佚，今独存徐幹的政治伦理专论《中论》。明代张溥辑有《孔少府集》《王侍中集》《陈记室集》《阮元瑜集》《刘公幹集》《应德琏休琏集》，收入《汉魏六朝百三家集》中。清代杨逢辰辑有《建安七子集》。

竹林七贤

中国三国魏末七位名士的合称。他们是谯国嵇康、陈留阮籍、河内山涛、河内向秀、沛国刘伶、陈留阮咸、琅邪王戎。由于他们曾集于山阳（今河南焦作东）竹林之下肆意酣畅，故世称竹林七贤。七人的思想倾向略有不同。嵇康、阮籍、刘伶、阮咸始终服膺老庄，越名教而任自然；山涛、王戎好老庄而杂以儒术；向秀则主张名教与自然合一。在政治态度上各有不同。嵇康、阮籍、刘伶等仕魏而对执掌大权、已成取代之势的司马氏集团持不合作态度；向秀在嵇康被害后被迫出仕；阮咸入晋曾为散骑侍郎，但不为司马炎所重；山涛起先"隐身自晦"，但40岁后出仕，历任尚书吏部郎、侍中、司徒等，成为司马氏政权的高官；王戎为人鄙吝，功名心最盛，入晋后长期为侍中、吏部尚书、司徒等，历仕晋武帝、惠帝两朝，至八王乱起，仍优游暇豫，不失其位。七人在文学创作上成就不一。阮籍的五言

《竹林七贤图》局部（唐代孙位）

诗，嵇康的文，在文学史上都占重要地位；向秀的赋，今存唯《思旧赋》一篇，亦称名作；刘伶作品不多，今存文《酒德颂》，风格与阮籍《大人先生传》颇近；阮咸精通音律，在文学方面没有留下作品；山涛、王戎虽擅清言，却不长于文笔，《隋书·经籍志》著录山涛有集五卷，今所见佚文，全部是奏启文字，文学价值不大。王戎的著作则很少。

正 始 体

正始为中国三国曹魏第三代皇帝曹芳年号，自公元240年至248年。不过习惯上所说的"正始体"，是指包括正始在内的整个曹魏后期（240—265）的文学风貌。

从文学史阶段来说，正始上承建安，下接太康，是一个重要的文学转折时期。然而正始文学，并非浑然一体，大略又可分为两个流派。一派以何晏、王弼为代表，史称"王何"。这派作者都宗尚老庄，校练名理，喜好玄谈。他们的诗歌，大多以抒发道家志趣为主旨，宅心老庄，游志玄虚，所以刘勰说："正始明道，诗杂仙心。何晏之徒，率多浮浅。"（《文心雕龙·明诗》）另一派以嵇康、阮籍为代表，包括竹林七贤中的一些人。他们也都崇尚老庄，喜好清言，但对现实生活比较关心。他们的诗歌以抒发自己的生活感受为主，有比较深厚的内容，加上艺术技巧比较圆熟，成就明显超过前一派。刘勰说："惟嵇志清峻，阮旨遥深，故能标焉。"（《文心雕龙·明诗》）不过，由于这一派作家多处在执掌大权的司马氏集团的政治高压之下，处境微妙而危殆，所以他们作品的锋芒和内含，也在不同程度上受着限制。总的来说，嵇、阮一派继承建安文学的遗风较多，而有所新变；王、何一派则与建安文学传统已经脱节，开了两晋玄虚之风的先河。这两派的综合，就构成"正始体"的基本面貌。

太康体

中国西晋时期的一种诗风，或一种诗体。"太康"为西晋武帝的年号（280—289）。"太康体"之名，始见宋代严羽《沧浪诗话·诗体》。严说本于梁代钟嵘《诗品》。钟嵘所论，是概述西晋初年和中期一个阶段的诗风。而严羽则明确指太康时期以左思、潘岳等为代表的诗体。太康前后是西晋文坛上比较繁荣的时期，众多的作家都有不少传世之作。太康诗歌一般以陆机、潘岳为代表。他们的诗歌比较注重艺术形式的追求，讲究辞藻华美和对偶工整，"缛旨星稠、繁文绮合"（《宋书·谢灵运传》）。诗歌的技巧虽更臻精美，但有时过分追求形式，往往失于雕琢，流于拙滞，笔力平弱。总之"采缛于正始，力柔于建安，或析文以为妙，或流靡以自妍"（《文心雕龙·明诗》），是这一时期诗人的总风格。不过每个作家仍有独特之处。"潘文浅而净，陆文深而芜"（《世说新语·文学》）；其他如张协以造语新颖，"巧构形似之言"著称；左思则在太康诗风中独树一帜，其诗内容充实，语言质朴，气势雄浑，"似孟德而加以流丽，仿子建而独能简贵"（《采菽堂古诗选》卷十一），不失汉魏遗风。

玄言诗

中国一种以阐释老庄和佛教哲理为主要内容的诗歌。约起于西晋之末而盛行于东晋。自魏晋以后，社会动荡不安，士大夫托意玄虚以求全身远祸。到了西晋后期，这种风气逐步影响到诗歌创作。尤其是东晋时代，更因佛教盛行，使玄学与佛教逐步结合，许多诗人都用诗歌的形式来表达自己对玄理的领悟。《文心雕龙·时序》篇及《世说新语·文学》篇注引檀道鸾《续晋阳秋》皆论及玄言诗盛行的状况。孙绰、许询是玄言诗人的代表。由于玄言诗大多"理过其辞，淡乎寡味"（《诗品·序》），缺乏艺术形象及真挚感情，文学价值不高，所以作品绝大多数失传。逯钦立《先秦汉魏晋南北朝诗》辑有孙绰诗12首、许询诗3首。此外，谢安、王羲之等所作的《兰亭诗》，也是典型的玄言诗。不过由于魏晋玄学提倡"得意忘象"，所以自然景物也往往作为领略玄趣的"言象"出现在玄言诗人的笔下。谢灵运那种夹带玄言的山水诗和陶渊明一些诗所创造的恬淡意境，似也多少受到玄言诗的影响。

元嘉体

中国南朝的一种诗风。此名始见于宋代严羽《沧浪诗话》，用以概括谢灵运、颜延之和鲍照的诗风。这三位诗人在注重描绘山川景物、讲究辞藻的华丽和对仗的工整方面有类似之处。《文心雕龙·明诗》中"宋初文咏，体有因革，庄老告退，而山水方滋，俪采百字之偶，争价一句之奇。情必极貌以写物，辞必穷力而追新，此近世之所竞也"，主要是指这三人之作。但是元嘉体诗人的风格也各有特点。谢灵运擅长写山水诗，以辞藻富赡，善于描写自然景物著称；颜延之以侍宴、应制之作居多，特点是典雅、凝练，往往雕琢过甚，用典过多；鲍照作品以乐府诗最为有名，反映社会现实的深度远胜颜、谢，乐府以外的一些诗则以奇险取胜。三人对齐梁诗人都有一定的影响。《南齐书·文学传论》谈到齐梁诗文时，曾指出有三个流派，一派学谢灵运，一派学鲍照，另一派虽未指出具体人名，而说他们的特点是最讲究对仗和用典，显然指颜延之等人。他们的诗改变了东晋多数诗人平典无味的玄言诗风，形成了注重辞藻、讲究对仗的共同趋向。比起齐梁诗来，他们的诗又都显得较为古奥和刚劲。

宫体诗

流行于中国南朝梁陈间的一个诗歌流派。"宫体"之名，始见于《梁书·简文帝纪》对萧纲的评语，但此风自齐梁已开其端。宫体诗的主要作者就是萧纲、萧绎以及聚集于他们周围的一些文人如徐摛、庾肩吾、徐陵等，陈后主陈叔宝及其侍从文人也可归入此类。历来对宫体诗的批评，多以为其中有不少以写妇女生活为内容，其实宫体诗也有一些抒情咏物之作，其中格调低下的也只占少数，只是情调流于轻艳，诗风比较柔靡缓弱。被称为宫体诗人的萧纲、萧绎等人，也写过不少清丽可读之作，至于庾肩吾、徐陵等，更有一些比较优秀的诗篇。

从诗歌发展史上看，宫体诗起的作用有两个方面。一方面，隋及唐初诗风流于靡弱，多少是受它的影响；另一方面，它在形式上比永明体更趋格律化。据有的学者统计，宫体诗中符合律诗格律的占40%左右；基本符合的数量尤多。这说明宫体诗对后来律诗的形成，起到重要的推动作用。至于它用典多、辞藻秾丽的特点，对后世也有一定的积极作用，如唐代的李贺和李商隐的诗，显然曾吸取过宫体诗的某些手法。

徐陵不同，但二人之重辞藻好用典则仍有相似处，故唐代元稹作《唐检校工部员外郎杜君墓系铭》有"杂徐庾之流丽"一语。就骈文而言，则专指徐陵、庾信，二人均擅骈文。文风典丽、超逸，为后人称道。清蒋士铨评二人文风云："徐孝穆（陵）逸而不遒，庾子山（信）遒逸兼之，所以独有千古。"（《评选四六法海·总论》）指出二人异同，不失允当之论。

徐庾体

中国南北朝后期徐摛、徐陵父子及庾肩吾、庾信父子的诗文风格。徐摛和庾肩吾均为梁代后期诗人，以作艳体诗闻名。徐陵和庾信早年亦仕梁，诗风与父辈亦相近。后来徐陵由梁入陈而庾信则因出使被留北周，诗风显得苍凉刚健，与

初唐四杰

中国初唐文学家王勃、杨炯、卢照邻、骆宾王的合称。《旧唐书·杨炯传》载："炯与王勃、卢照邻、骆宾王以文诗齐名，海内称为王杨卢骆，亦号为四杰。"四杰齐名，原主要是指骈文和赋而言，后主要用以评其诗。杜甫《戏为六

绝句》有"王杨卢骆当时体"句，一般即认为指他们的诗歌而言。四杰名次，亦记载不一。宋之问《祭杜学士审言文》认为，唐代开国后"复有王杨卢骆"，并以此次序论列诸人，为现所知最早的材料。张说《赠太尉裴公神道碑》称"在选曹，见骆宾王、卢照邻、王勃、杨炯"，则以骆宾王为首。《旧唐书·裴行俭传》以杨王卢骆为序。

四杰的诗文虽未脱齐梁以来绮丽余习，但力求扭转文学风气。王勃明确反对以上官仪、许敬宗为代表的龙朔宫廷文风，"思革其弊"，得到了卢照邻等人的支持（杨炯《王勃集序》）。他们的诗歌从宫廷走向人生，题材广泛，风格清俊。卢、骆的七言歌行趋向辞赋化，气势稍壮；王、杨的五言律开始规范化，音调铿锵。骈文也在词采富赡中寓有灵活生动之气。明代陆时雍《诗镜总论》认为："王勃高华，杨炯雄厚，照邻清藻，宾王坦易。"四杰正是初唐文坛上新旧过渡时期的人物。

沈 宋

中国初唐诗人沈佺期和宋之问的合称。沈佺期和宋之问的五七言近体诗歌作品标志着五七言律体诗的定型。沈宋并称，唐时时见，如杜甫《秋日夔府咏怀奉寄郑监审李宾客之芳一百韵》"阴何尚清省，沈宋欻联翩"等诗句。

唐初以来诗歌声律化及讲究骈对的趋向日益发展。沈佺期、宋之问等人更在以沈约、谢朓等为代表的永明体基础上，从原来的讲求四声发展到只辨平仄，从消极的"回忌声病"发展到悟出积极的平仄规律，又由原来只讲求一句一联的音节协调发展到全篇平仄的粘对，以及中间二联必须上下句属对，从而形成完整的律诗。沈宋以前，像四杰中王勃、卢照邻、骆宾王的律诗，前后失粘的还相当多，且多为五律。沈宋使五律更趋精密，完全定型，如沈佺期的《仙萼亭初成侍宴应制》《夜宿七盘岭》，宋之问的《麟趾殿侍宴应制》《陆浑山庄》等；又使七律体制开始规范化，如沈佺期的《兴庆池侍宴应制》《奉和春日幸望春宫应制》，宋之问的《奉和春初幸太平公主南庄应制》《三阳宫石淙侍宴应制》等。沈、宋都曾为宫廷诗人，所作律诗多为应制奉和之作，内容虽无甚可取，但词采精丽，且数量较多，又大都合律，使律诗的粘对规律逐渐为一般诗人所遵守，影响甚大，为近体诗的建立和发展做出了贡献。

王孟韦柳

中国盛唐诗人王维、孟浩然与中唐诗人韦应物、柳宗元的合称。唐末司空图最先将王维、韦应物并提："王右丞、韦苏州澄澹精致，格在其中。"（《与李生论诗书》）宋陈师道、张戒等继承其说。宋苏轼最先将韦、柳并提："独韦应物、柳宗元发纤秾于简古，寄至味于澹泊。"（《书黄子思诗集后》）严羽、方回、许学夷等继承其说。王、孟并称始于明代，如胡应麟说："王、孟闲澹自得，其格调一也。"（《诗薮》内编卷二）此说赞同者多，已成为明清诗论家之公论。王、孟、韦、柳并称亦始于明代："陶（渊明）之继，则韦、孟、王、柳之得意者，精绝超诣，趣与景会。"（张以宁《黄子肃诗集序》）至清初，"王渔洋倡神韵之说，于唐人盛推王、孟、韦、柳诸家，今之学者翕然从之"（梁章钜《退庵随笔·学诗二》），所以清代四人并称说流行，且有将四人之诗合为《唐四家诗》刊行者。

明清诗论家将四人合称的理由主要是：四人皆学陶渊明，是唐代山水田园诗的代表，内容多写自然景物，风格清微淡远。但四人都不是纯粹的山水田园诗人，加上他们所处的时代、身世遭遇、思想性格不同，诗歌创作的总体风貌也存在若干明显的差异。

高 岑

中国盛唐时期诗人高适和岑参的合称。高岑合称，始于杜甫《寄彭州高三十五使君适虢州岑二十七长史参三十韵》："高岑殊缓步，沈鲍得同行。"说他们成名较晚，而才学堪比沈约、鲍照。高、岑为诗友，又同是杜甫的知交，但杜甫没有从创作角度将两人合在一起品评的意味。宋严羽说："高、岑之诗悲壮，读之使人感慨。"（《沧浪诗话·诗评》）元辛文房说："（岑参）与高适风骨颇同，读之令人慷慨怀感。"（《唐才子传》卷三）明胡应麟说："高、岑悲壮为宗……其格调一也。"（《诗薮》内编卷二）清叶燮说："高、岑相似。"（《原诗》外篇下）以上这些才是从创作的角度将两人相提并论，认为两人的诗作风格相似、成就相当。

称"高、岑之诗悲壮"，主要是针对他们的边塞诗说的。盛唐边塞诗大抵都具有慷慨悲壮的共同风格，但在盛唐诗人中，高、岑边塞生活的体验最为丰富和充实，写作的边塞诗数量最多，是公认的盛唐边塞诗的杰出代表，所以将两人相提并论是有道理的。然而，两人的诗歌又存在一些明显的差异，"高悲壮而厚，岑奇逸而峭"（王士禛《师友师传续录》）。尽管古代诗论家将高、岑并称，但并不认为已形成一个以他们为代表的边塞诗派。近人才认为唐诗人中存在边塞诗派，并将边塞诗派也称为"高岑诗派"，诗风相近的王之涣、王翰、王昌龄、崔颢、李颀也被列入此派。

大历十才子

中国唐代宗大历时期十位诗人所代表的一个诗歌流派。他们的共同特点是富于才情，擅长应酬钱送，注重诗歌的形式技巧。《新唐书·卢纶传》谓"纶与吉中孚、韩翃、钱起、司空曙、苗发、崔峒、耿湋、夏侯审、李端皆能诗齐名，号大历十才子"。葛立方《韵语阳秋》、晁公武《郡斋读书志》、王应麟《玉海》亦采此说。但在宋代，对"十才子"究竟指哪十人已

有异说。有将李益、皇甫曾、李嘉祐、冷朝阳列入的（见计有功《唐诗纪事》、严羽《沧浪诗话》）。清人异说更多，王士禛《分甘余话》卷三、黄之隽《大历十才子诗跋》（《堂集》）卷二四、管世铭《读雪山房唐诗钞》卷一八、翁方纲《石洲诗话》卷二均有辨析。大概因为原十才子中有几家（如苗发、夏侯审、吉中孚）存诗不多，后世论者乃凭己意进退之。

十才子于大历初年先后入朝为省郎，托迹权门，陪从游宴，成为安史之乱平定后"中兴"局面的点缀，"大历十才子"之得名盖缘于此。祖道钱送，即席赋诗，最为他们所擅长。李肇《唐国史补》卷上所载诸人于昇平公主宅宴集赋诗的故事，足见其日常创作之一斑。但诸子大多仕途失意，沉沦下僚，又历经战乱，创作中也时常触及当时的社会状况和自己的身世之感。十才子都擅长近体，尤工五言，风格清空闲雅，韵律和谐流利，技巧颇为成熟。

郊岛

中国中唐诗人孟郊、贾岛的合称。孟长贾28岁，为前辈。他们都不遇时，官卑俸微，一生穷困、苦吟。郊"一生空吟诗，不觉成白头"（《送卢郎中汀》）；岛"一日不作诗，心源如废井"（《戏赠友人》），"二句三年得，一吟双泪流"（《题诗后》）。二人皆韩愈诗友，韩愈赞郊诗"横空盘硬语，妥帖力排奡"（《荐士》），岛诗"好穷怪变得，往往造平淡"（《送无本师归范阳》）。郊、岛虽互有投赠，时并不齐名。唐末张为《诗人主客图》列郊为"清奇僻苦主"，岛为"清奇雅正"升堂者七人之一。宋欧阳修谓"孟郊、贾岛之徒，又得其悲愁郁埋之气"（《书梅圣俞稿后》），始郊、岛并称。苏轼继有"郊寒岛瘦"（《祭柳子玉文》）之说。二家诗皆清奇瘦硬，悲愁苦涩。但郊长五古，不作律诗；岛长五律，古体较少。郊诗反映社会生活面广，感情亦深；岛生活面窄，对世较冷淡。清潘德舆《养一斋诗话》谓"郊岛并称，岛非郊匹，人谓寒瘦，郊并不寒也"，但贾岛对后世影响大于孟郊：晚唐五代被诗论家称为"贾岛时代"（闻一多《贾岛》），宋之"九僧""四灵"，明之"竟陵"，清之"浙派"，皆学岛自成流派。

元 白

中国中唐诗人元稹、白居易的并称。《新唐书·白居易传》载：白居易"初与元稹酬咏，故号元白"。元白并称，当时已行于世，又经杜牧在文章中正式使用，后世遂相袭沿用。宋代严羽《沧浪诗话·诗体》又将二人诗体称为"元白体"。

元稹、白居易同为新乐府创作的倡导者。两人文学主张相似，作品风格相近。强调诗歌的讽喻作用，写有大量反映现实的作品，尤其擅长于新乐府、七言歌行、长篇排律的创作，注意诗歌语言的平易浅切和通俗性。在中唐诗坛上，元白的影响很大。《旧唐书·元稹传》论赞指出："若品调律度，扬榷古今，贤不肖皆赏其文，未如元白之盛也。"其中，元稹诗在主题集中、思想深刻、形象鲜明等方面，比白居易诗都稍逊一筹。

对元白的评价，历来褒贬不一。抑之者始自杜牧，指摘元白诗为"淫言媟语""纤艳不逞"（《唐故平卢军节度巡官陇西李府君墓志铭》）。扬之者始自张为，列白为"广大教化主"，元为"入室"（《诗人主客图》）。其后，明代王世贞、王世懋，清代王夫之、王士禛均贬抑元白。宋代叶梦得，明代贺贻孙，清代尤侗、翁方纲则褒扬元白。苏轼虽说过"元轻白俗"（《祭柳子玉文》），但又多以白自况，表明他内心对白居易的仰慕。

新乐府运动

唐代元和年间（806—820）发生的用通俗化的乐府体写时事和社会生活的诗歌运动。乐府诗的作者

主要有白居易、元稹、李绅、张籍和王建等人。

西汉设置乐府,掌宫廷和朝会音乐。由乐府采集和创作的诗歌遂被称作"乐府"。乐府诗相当一部分采自民间,具有通俗易懂、反映现实和可以入乐几个特点。后来文人也仿作乐府诗,唐代把南北朝以前的乐府诗统称作古乐府。

唐代贞元、元和之际,广大地主士大夫要求革新政治,以中兴唐王朝的统治。在这股浪潮的推动下,白居易、元稹等诗人主张恢复古代的采诗制度,发扬《诗经》和汉魏乐府讽喻时事的传统,使诗歌起到"补察时政""泄导人情"的作用。白居易在《与元九书》中提出:"文章合为时而著,歌诗合为事而作。"在《新乐府序》中全面提出了新乐府诗歌的创作原则,要求文辞质朴易懂,便于读者理解;说的话要直截了当,切中时弊,使闻者足戒;叙事要有根据,令人信服;还要词句通顺,合于声律,可以入乐。宣称要为君、为臣、为民、为物、为事而作,不为文而作。

白居易、元稹等诗人或"寓意古题",或效法杜甫"即事名篇",以乐府古诗之体,改进当时民间流行的歌谣,积极从事新乐府诗歌的创作。白居易的《新乐府》五十首和《秦中吟》十首,元稹的《田家词》《织妇词》《和李校书新题乐府十二首》,是他们的代表作。张籍的乐府三十三首以及《野老歌》《筑城词》《贾客乐》等诗歌,反映了战争给人民带来的苦难,揭露了统治者对人民残酷的剥削和奴役。王建在《水夫谣》中描写了驿船纤夫的悲惨生活。《田家行》《簇蚕辞》则揭露了封建赋役的残酷。李绅曾作新题乐府二十首,惜已无存。他的《悯农》诗二首:"春种一粒粟,秋收万颗子。四海无闲田,农夫犹饿死。""锄禾日当午,汗滴禾下土。谁知盘中餐,粒粒皆辛苦。"已成为千古传诵的名诗。

新乐府运动的精神,为晚唐诗人皮日休、聂夷中、杜荀鹤所继承。皮日休的《正乐府十首》和

《三羞诗》，聂夷中的《公子行》，以及杜荀鹤的《山中寡妇》《乱后逢村叟》，深刻地揭露了唐朝末年统治者的残暴、腐朽和唐末农民战争前后的社会现实。

元和体

中国唐宪宗元和年间（806—820）所流行的诗体总称。广义指唐宪宗元和以来各种新体诗文。李肇《唐国史补》卷下："元和以后，为文笔则学奇诡于韩愈，学苦涩于樊宗师；歌行则学流荡于张籍；诗章则学矫激于孟郊，学浅切于白居易，学淫靡于元稹，俱名为元和体。"狭义上指元稹、白居易诗中的次韵相酬的长篇排律和包括艳体在内的流连光景的中短篇杂体诗。《旧唐书·元稹传》说，元稹"与太原白居易友善。工为诗，善状咏

风态物色。当时言诗者，称元、白焉。自衣冠士子，至闾阎下俚，悉传讽之，号为元和体"。此外，当时模仿元、白这一类作品的诗歌也被称为元和体。元稹《白氏长庆集序》："予始与乐天同校秘书之名，多以诗章相赠答。会予遣掾江陵，乐天犹在翰林，寄予百韵律诗及杂体，前后数十章。是后各佐江、通，复相酬寄。巴、蜀、江、楚间泊长安中少年递相仿效，竞作新词，自谓为元和诗。"

元、白的"元和体"诗歌大多没有强烈的政治色彩，但能以情感人，诗体和声韵富有新的变化。这些作品的创新和特色是：①次韵相酬。白居易与元稹的次韵之作很多属于长篇排律，这在元和以前很少见，如《东南行一百韵》长达200句，不仅酬唱之作中绝无仅有，在排律中也不多得，这首诗曾被后人称赞为"波澜壮阔，笔力沈雄"，"杜甫而下，罕与为俪"（《唐宋诗醇》）。②长篇排律。初、盛唐时，排律一般只有一二十句；到了

杜甫，开始出现长篇排律，但写作数量不多。白居易和元稹等人扩展到几十韵甚至百余韵。排比对仗中富于变化，突破了传统排律平整典重、赡丽精严的格调。③以俗事俗语入诗。清人潘德舆将陶渊明与白居易进行比较，认为陶是"达人天机"，白是"家人琐语"（《养一斋诗话》）。白居易善于以俗事俚语入诗，经过提炼，清浅可爱，充满着浓郁的生活气息。④句式的散文化。散文化的诗句、上三下四的结构，以及虚字增多，使诗句显得灵活舒畅，但也失去了律诗典雅工稳的传统。这些特点，体现了中唐以后诗歌的新变。

长庆体

中国唐代诗人白居易、元稹所开创的以《长恨歌》《琵琶行》《连昌宫词》为代表的七言长篇叙事歌行体。唐穆宗长庆四年（824），元稹为白居易编集，题名《白氏长庆集》；元稹自己的集子，后亦题名《元氏长庆集》。"长庆体"系由此得名。"长庆体"之称，最早见于南宋后期戴复古的《望江南》词："诗律变成长庆体，歌词渐有稼轩风。"刘克庄《后村诗话》在评论《琵琶行》时也称："白（居易）未脱长庆体尔。"但与戴复古、刘克庄同时的严羽在《沧浪诗话·诗体》中却只开列了"元白体""元和体"而无"长庆体"，说明"长庆体"之称在宋代尚未普遍流行。

"长庆体"作为一种确定的诗体名称广为流行，是在清初以后，当时诗人吴伟业（号梅村）大量采用这种体制进行创作，写下了《圆圆曲》《永和宫词》等名篇，后人从而效之，此体遂大行于世。袁枚《随园诗话》卷四引同时人《读梅村诗》云："百首淋浪长庆体，一生惭愧义熙民。"即指吴伟业仿效元白的七言长篇叙事歌行。林昌彝

《射鹰楼诗话》云："七言古学长庆体，而出以博丽，本朝首推梅村。"

"长庆体"的特点大致有三方面：从内容上看，多叙写时事。从形式上看，为七言歌行。虽属古体，却又多用律句，间用对偶，只是不像近体那样有严格的格律要求；同时又数句一转韵，平仄韵间隔使用，以求得音调的协调圆转和抑扬变化。从表现手法和语言风格上看，以铺叙为主，往往敷写淋漓，并注意叙事与抒情相结合；语言则要求丰富多彩、婉丽缠绵。

皮 陆

中国晚唐文学家皮日休和陆龟蒙的合称。懿宗咸通十一年（870）前后，皮日休与陆龟蒙均在苏州，他们时相唱和，诗作颇多，后合编成《松陵集》，因而齐名一时。《松陵集》中酬唱之作往往追求险怪，纤巧冷僻，有长达千字的长篇。赵执信谓这些诗是"以笔墨相娱乐"（《谈龙录》）。严羽亦批评"和韵最害人诗。古人酬唱不次韵，此风始盛于元白、皮陆"（《沧浪诗话·诗评》）。《唐诗别裁集》亦云："龟蒙与皮日休唱和，另开僻涩一体。"皮陆尚有一些名为"吴体"的拗律，造语诘屈，用意也同在于消闲遣闷。当然他们也皆有受中唐新乐府运动影响的反映民生疾苦的诗作，也都有忧时愤世的小品。但他们并称"皮陆"，主要是因前者而言。

唐宋古文运动

中国唐宋时期的文学革新运动。其内容是在复兴儒学的旗号下，让散文反映社会实际，其形式就是反对骈文，提倡生动自由的古文。

所谓"古文"，是相对骈文而言的，指先秦两汉以散行单句为主、不受形式拘束的散文。自魏晋，尤其是南北朝以来，骈文盛行，讲求声律对偶，堆砌典故辞藻，内容空洞，不适于用。西魏苏绰仿《尚书》作《大诰》，提倡商、周古文，隋文帝下诏禁"文表华艳"，李谔上书请改文体，都没有扭转颓风，至唐初，骈文仍占主要地位。天宝至中唐前期，萧颖士、李华、元结、独孤及、梁肃、柳冕等，先后提出宗经明道的主张，写作古文，成为古文运动先驱。贞

元、元和间，韩愈、柳宗元进一步提出一套完整的古文理论，并创作出大量优秀古文作品，当时有许多年轻人追随他们学写古文，终于形成了颇有声势的古文运动，把散文的发展推向了一个新阶段。

韩、柳是唐代古文运动的代表。他们倡导古文是为了推行古道，复兴儒学。韩愈说："学古道而欲兼通其辞，通其辞者，本志乎古道者也。"（《题欧阳生哀辞后》）所以，他们的古文理论都把明道放在首位，不过韩愈强调仁义和道统，反对佛、道二教，柳宗元则更强调"以辅时及物为道"（《答吴武陵论非国语书》）。此外，两家的古文理论还包括：①主张"养气"。强调提高作者的道德修养，"气盛则言之短长与声之高下者皆宜"（韩愈《答李翊书》）。②主张"不平则鸣"（韩愈《送孟东野序》）。认为"欢愉之辞难工，而穷苦之言易好"（韩愈《荆潭唱和诗序》），文章不但可以直抒怀抱，也可以"杂以瑰怪之言"（韩愈《上兵部李侍郎书》）。

③学习标准为"非三代两汉之书不敢观"（《答李翊书》）。不仅重视经史，也重视屈原、司马相如、扬雄等人的文章，吸取其精，丰富自己的写作（韩愈《进学解》、柳宗元《答韦中立论师道书》）。④反对模仿因袭。要求"唯陈言之务去"（《答李翊书》），以为"唯古与辞必己出，降而不能乃剽贼"（韩愈《南阳樊绍述墓志铭》），对于古圣贤人著作，则"师其意，不师其辞"（韩愈《答刘正夫书》）。显而易见，韩、柳的古文运动，是一场文学革新的运动，从内容到形式都推动了散文的前进和发展，开创了中国文学史上新的散文传统。

韩、柳的古文运动虽然取得了成功，但因为他们的继承者古文写作艺术远逊于他们，所谓的"韩门弟子"（如皇甫湜、樊宗师、沈亚子等）片面地发展了韩文"怪奇"的一面，古文运动到中唐后期即开始走向消歇，五代、宋初，浮靡华丽的骈文再度泛滥。

宋初，王禹偁、柳开提倡古文，但影响不大。真宗、仁宗时，西昆派追求声律骈俪的骈文，一时大盛。

宋代的古文运动始于欧阳修。欧阳修凭借其政治地位，倡导古文，其同时文士苏洵、苏轼、苏辙、王安石、曾巩皆积极响应，后黄庭坚、陈师道、张耒、秦观、晁补之等人，又都是古文能手，各树旗帜，扩大影响，推动宋代古文运动达到波澜壮阔的地步。宋代古文运动的主要特点，第一是主张明道，与韩、柳同。第二是直接取法韩愈，但又摒弃韩文奇古奥僻的偏向，着重学习韩文"文从字顺"、平易明白的一面，使宋文在韩、柳以外，呈现出一种新的面貌，推动散文在更广阔的道路上发展前进。明人朱右编韩、柳文和欧、曾、王、三苏六家文为《八先生文集》，茅坤编《唐宋八大家文钞》，"唐宋八大家"之名遂风行天下，古文终于在与骈文的对抗中取得主流地位。明代宋濂、唐顺之、王慎中、归有光，以及清代桐城派、阳湖派古文之所以取得一定成就，无不受到唐宋古文的启发和影响。唐宋古文运动，是中国散文发展史上一座重要的里程碑。

唐宋八大家

中国唐代散文家韩愈、柳宗元，宋代散文家欧阳修、苏洵、苏轼、苏辙、曾巩和王安石的合称。八家合称，始于明初朱右的《八先生文集》（今不传），其后，唐顺之"著《文编》，唐宋人自韩、柳、欧、三苏、曾、王八家外无所取"（《明史·茅坤传》）。继二书之后，茅坤广选八家文，编成《唐宋八大家文钞》，共144卷，每有品评，眼光独具。《文钞》一出，"盛行海内，乡里小儿无不知茅鹿门者"（《明史·茅坤传》），"一二百年以来，家弦户诵"（《四库全书总目提要》），

"唐宋八大家"之称，随《唐宋八大家文钞》的风行而广为人知。

韩、柳当唐代中叶，欧、苏、曾、王也处在北宋中后期，但八家文的确是唐宋散文艺术成就的最高代表，八家合称，是唐宋散文发展的客观反映。自此以后，治古文者都以八家为一宗。清代桐城派方苞选《古文约选》，姚鼐选《古文辞类纂》，八家古文均占很大比重。储欣更于八家外增加李翱、孙樵为十家。清高宗弘历（即乾隆）又选十家文为《唐宋文醇》，作为"御定"课本，影响很大。

有明代万历刻本及清代书坊刻本。清代魏源有《纂评唐宋八大家文读本》8卷，今人有高海夫主编《唐宋八大家文钞校注集评》（1997）。

022

西昆体

中国北宋初年一种追求辞藻华丽、对仗工整的诗体。景德二年（1005）宋真宗令资政殿学士王钦若、知制诰杨亿编《册府元龟》，参与编修和一些未参与编修的文人，不时以诗唱和酬答。大中祥符元年（1008）杨亿把这些诗汇为《西昆酬唱集》，主要收杨亿、刘筠、钱惟演三人的酬唱之作，同时还收有李宗谔等十五人的酬唱之作。其诗宗法李商隐，以用典赡博、属对精工、音韵和谐、语言浓艳为特征，与当时流行的以浅切为特征的白居易体形成鲜明对比，引起学子的争相效法，统治真宗朝和仁宗朝初年的诗坛达三四十年之久，被称为西昆体或西昆派。到宋仁宗时，西昆体末流只是刻板模仿李商隐的诗题、用典、辞藻，石介撰《怪说》以攻之，西昆体的影响渐微。但正如《四库全书总目》卷一六八所说："其取材博赡，练词精整，非学有根柢，亦不能熔铸变化，自名一家。"故对西昆体不可一概否定。《西昆酬唱集》现存最早版本为明代嘉靖玩珠堂刊本，是商务印书馆《四部丛刊》的底本。注本有清代康熙中周桢、王图炜合注本，1985年上海古籍出版社据黄永年所藏本影印出版；1980年中华书局王仲荦注本；1986年齐鲁书社郑再时笺注本。

北宋诗文革新运动

中国北宋继唐代古文运动而起的文学革新运动，主要反对以西昆体为代表的浮靡文风和以"太学体"为代表的诗文革新运动内部的不良倾向。这场文学运动，同时对诗、文进行革新，与政治斗争关系密切，历时久，波及广，参加者多，其影响深远。发展过程大体有三个阶段。

第一阶段从宋太祖立国至真宗朝，约为 10 世纪 70 年代至 11 世纪初，是初发阶段。先驱者有柳开、王禹偁、穆修、石介以及姚铉、孙复等。北宋初年，承袭了晚唐五代以来的浮艳文风。柳开首举"尊韩"的旗帜，提出重道致用、尚朴崇散、宣扬教化等主张，反对当时的华靡文风。王禹偁也提倡宗经复古、"传道明心"的古文，强调韩愈文论"文从字顺"的一面，反对晚唐以来淫放颓靡诗风。但是，他们对文学改革的倡导，在当时影响不大，在王死后不久，以杨亿、刘筠和钱惟演为首的西昆派的华靡文风开始泛滥。于是继起的穆修不顾流俗的诋毁，刻印韩柳集数百部在京师出售，以提倡韩柳文自任。稍后的石介在《怪说》中对西昆体进行了猛烈的攻击。但他们重道轻文，在诗文理论方面建树不大，又忽视文章的语言形式，有辞涩言苦之病，除王禹偁外，创作成就多不高。

第二阶段在宋仁宗朝，从 11 世纪 20 年代至 50 年代左右，是运动形成高潮的阶段。主要代表作家先后有范仲淹、李觏、尹洙、石延年、苏舜钦、梅尧臣、宋祁、欧阳修。欧阳修是这一阶段乃至整个诗文革新运动的领袖。他提出"道胜者，文不难而自至"；又认为道可充实文，而不能代替文，主张作文须简而有法，流畅自然，反对模拟与古奥。他论诗重视美刺劝诫，触事感物，提出"诗穷而后工"的著名论点。他首创"诗话"这一评论诗文的新体式，其《六一诗话》发表了不少精辟的文论、诗论见解。他改革科场积弊，嘉祐二年（1057）权知礼部贡举，坚决打击"太学体"，贬斥险怪奇涩和空洞浮华的文风。他大力提举后进，曾巩、王安石、三苏皆他所奖拔，使他们成为诗文革新的中坚力量。他创作了许多优秀的文学作品，内容充实、形式新颖、平易自然、流畅婉转，使诗文革新立于不败之地。

第三阶段从宋英宗朝至哲宗朝，约11世纪50年代至11世纪末，是运动的完成阶段。主要代表作家是王安石、曾巩、苏轼、苏辙以及黄庭坚、秦观等人。王安石把诗文革新作为推行"新法"的一个重要组成部分，提出文章的内容应"以适用为本"，有助"礼教治政"，"务为有补于世"（《上人书》等）。苏轼是继欧阳修之后的文坛领袖。他主张诗文应"有为而作"，"言必中当世之过"（《凫绎先生诗集叙》）。

他很重视文学的艺术性，认为文章有如精金美玉，自有定价。他又提出了"随物赋形""辞达""胸有成竹""传神写意""诗中有画"等著名论点，指导当时的创作。他的诗文词赋，都体现了北宋文学的最高成就。苏轼也重视人才培养，所谓"苏门四学士"或"苏门六君子"都成了北宋后期文坛的中坚力量，对北宋文学的繁荣做出了很大的贡献。

北宋诗文革新运动，继唐代古文运动之后，又一次把古代文学，特别是散文以及文论的发展推进了一大步。此后，以唐宋八大家为代表的古文传统，一直为元明清散文家奉为正宗。诗歌方面，欧阳修、王安石、苏轼也给予南宋金元诗以及明代唐宋派、公安派、竟陵派，清代宋诗派以深刻的影响。北宋诗文革新运动也助长了"以议论为诗"的诗歌的散文化倾向，表现出这一革新运动的历史局限。

苏 梅

中国北宋诗人苏舜钦与梅尧臣的并称。最先将这两位诗人并提的，是他们的诗友欧阳修。他在《水谷夜行寄子美圣俞》诗中比较他们的诗风说："缅怀京师友，文酒邀高会。其间苏与梅，二子可畏爱。"《六一诗话》也说："圣俞、子美齐名于一时，而二家诗体特异。子美笔力豪隽，以超迈横绝为奇；圣俞覃思精微，以深远闲淡为意。各极其长，虽善论者不能优劣也。"苏、梅二人同为西昆派的反对者，在开辟宋诗独特境界方面，二人都起过相当大的作用。

三　苏

中国北宋文学家苏洵和他的儿子苏轼、苏辙的并称。宋仁宗嘉祐元年（1056），苏洵和苏轼、苏辙父子三人都到了东京（今河南开封市）。由于欧阳修的赏识和推誉，他们的文章很快著称于世，士大夫争相传诵，一时学者竞相仿效。北宋已有三苏的提法，王闢之《渑水燕谈录·才识》载："苏氏义章擅天下，目其文曰三苏。盖洵为老苏、轼为大苏、辙为小苏也。"秦观《答傅彬老简》说："三苏之中，所愿学者，登州（苏轼）为最优。"南宋三苏提法更为流行，元明清时三苏提法更是多不可计。三苏之中，苏洵和苏辙主要以散文著称；苏轼则不但在散文创作成果颇丰，而且在诗、词、画各个领域都占有重要地位。

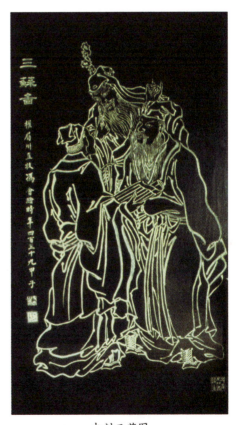

木刻三苏图

欧 苏

中国北宋散文家欧阳修和苏轼的并称。在北宋古文运动中，欧阳修是众望所归的领袖人物。而在他的追随者中又以苏轼才气最大，成果最丰，他继欧阳修之后主盟文坛，领导古文运动取得完全胜利。因此在当时人的心目中，苏轼是最有资格和欧阳修相提并论的人。欧阳修本人在晚年就已将苏轼作为后来居上者加以褒扬说："吾老矣，当放此子出一头地。"（《苕溪渔隐丛话》后集卷二八引《复斋漫录》）到了南宋，苏轼文名更盛。古文作家大多沿着欧阳修、苏轼所开辟的道路前进。于是论者就将欧、苏并举，并把他们和唐代的韩愈、柳宗元并论。如南宋初王十朋的《读苏文》指出："唐宋文章未可优劣，唐之韩柳，宋之欧苏，使四子并驾

而争驰，未知孰后而孰先，必有能辨之者。"又说："不学文则已，学文而不韩柳欧苏是观，诵读虽博，著述虽多，未有不陋者也。"（《梅溪集》前集卷十九）南宋后期的罗大经则将欧苏与韩柳加以比较说："欧似韩，苏似柳……然韩柳犹用奇字重字，欧苏唯用平常轻虚字，而妙丽古雅，自不可及。此又韩柳所无也。"（《鹤林玉露》甲编卷五）以后元明清各代古文评论家纷纷沿用"欧苏"这个称呼，使之成了描述宋代散文史的专用名词之一。

苏 黄

中国北宋诗人苏轼和黄庭坚的并称。晁说之《题新柑帖》说："元祐末有苏、黄之称。"苏轼和黄庭坚是奠定宋诗风格特色的两个代表诗人。宋代诗坛自苏、黄一出，

唐宋诗的界限判然始分。南宋刘克庄《后村诗话》前集对此总结道："元祐（宋哲宗年号）后，诗人迭起，一种则波澜富而句律疏，一种则锻炼精而情性远，要之，不出苏、黄二体而已。"这两位大诗人都是宋诗风格的体现者，其影响又都很大，因而自北宋末以后，不管是赞扬或批评者，都常常以"苏黄"并举。宗尚盛唐的南宋批评家严羽则在《沧浪诗话》中批评苏、黄"始自出己意以为诗，唐人之风变矣"。张戒《岁寒堂诗话》更指责说"（诗）坏于苏、黄"，又说："子瞻（苏轼）以议论作诗，鲁直（黄庭坚）又专以补缀奇字，学者未得其所长，而先得其所短，诗人之意扫地矣。"前人对苏黄或褒或贬，大多未免带有一定的片面性，但这些意见客观上反映了苏、黄在诗史上影响之巨大。另外，苏轼和黄庭坚都是宋代著名的书法家，推崇他们书法的人，也常以"苏黄"并称。

苏门四学士

中国北宋文学家黄庭坚、秦观、晁补之和张耒的并称。苏轼是继欧阳修之后北宋文坛的领袖人物，在当时的作家中享有巨大的声誉，一时与之交游或接受他的指导者甚多，黄、秦、晁、张四人都曾得到他的培养、奖掖和荐拔。在苏轼的众多门生和崇拜者中，他最欣赏和重视这四个人："如黄庭坚鲁直、晁补之无咎、秦观太虚、张耒文潜之流，皆世未之知，而轼独先知之。"（《答李昭玘书》）苏轼在《答李方叔》中说："比年于稠人中，骤得张、秦、黄、晁及方叔（李廌）、履常（陈师道）辈。"故又有苏门六君子之称。不过无论"苏门四学士"还是"苏门六君子"只是表明他们得到过苏轼的垂青和指导，受过他的影响，而并不意味着他们可以统称为一个文学流派。实际上四学士、六君子造诣各异，文学风格也大不相同。如黄庭坚诗自创流派，与苏轼并称苏黄；秦观的主要成就在词，但是他的词风却与苏轼不同，专以纤丽婉约见长。张耒《赠李德载二首》论苏轼兄弟及其门人诗文风格之异说："长翁（苏轼）波涛万顷陂，少翁（苏辙）巉秀千寻麓。黄郎萧萧日下鹤，陈子峭峭霜中竹。秦文倩丽舒桃李，晁论峥嵘走金玉。"极为恰切。

江西诗派

中国宋代诗歌流派。北宋后期，黄庭坚在诗坛上影响很大。虽然他的创作成就比不上苏轼，但是他的诗歌更加突出地体现了宋诗的艺术特征。他在诗歌艺术技巧上总结出一套完整的方法，并传授给后学，所以，追随和仿效黄庭坚的诗人颇多。比如陈师道与苏轼交谊很深，但作诗却以黄庭坚为学习典范。因此，一个以黄庭坚为中心的诗歌流派逐渐形成。徽宗时吕本中作《江西诗社宗派图》，列陈师道等25人，认为这些诗人都与黄庭坚一脉相承。吕氏此图早已失传，现存最早记载见于南宋胡仔《苕溪渔隐丛话》前集卷四十八。吕氏图所列25人是：陈师道、潘大临、谢逸、洪刍、饶节、僧祖可、徐俯、洪朋、林敏修、洪炎、汪革、李錞、韩驹、李彭、晁冲之、江端本、杨符、谢薖、夏倪、林敏功、潘大观、何颙、王直方、僧善权、高荷。稍后的《云麓漫钞》等书所记载名单与此稍有出入。这些诗人并不都是江西人，之所以称为江西诗派是因为黄庭坚是江西人，而这些诗人都深受其影响，诗风相似。25人中，除陈师道外，诗歌成就都不甚高。此外，被后人归入江西诗派的还有吕本中、曾幾、陈与义、曾纮、曾思、赵蕃、韩淲等人。诗派成员多数学杜甫，宋末方回又把杜甫和黄庭坚、陈师道、陈与义尊为江西诗派的"一祖三宗"。

由于江西诗派在诗歌的思想内容方面并没有特别的主张，因而他们的作品在思想内容上各有特点。黄庭坚、陈师道等人的作品主要描写个人生活经历和抒发个人思想感情，内容比较狭隘。经历了"靖康之变"的吕本中、曾几、陈与义等人则写了一些反映当时民族斗争的爱国主义诗歌。形成江西诗派的主要原因是这些诗人在诗歌艺术上有相近的见解，诗派成员之间的关系是传授和切磋诗艺。

黄庭坚诗歌理论中最著名的主张是"夺胎换骨""点铁成金"，即或师承前人之辞，或师承前人之意，目的是要在诗歌创作中"以故为新"。黄庭坚在创作实践中比较有效地运用了这种方法，取得了一些成绩。后来有一些缺乏创新精神的诗人奉此为圭臬，片面追求"无一字无来处"，而又不能"求新"，

于是拾人牙慧、典故连篇、形象枯竭。这是江西诗派长期以来受人讥评的主要原因。

然而，"夺胎换骨""点铁成金"只是黄庭坚诗歌理论的一面，它对江西诗派中比较杰出的诗人并没有产生很大影响。黄庭坚诗歌理论的另外一面，即要求诗人以"自成一家"为努力目标，在下苦功掌握艺术技巧的基础上，摆脱技巧的束缚而达到"无斧凿痕"的最高艺术境界。江西诗派中的几位重要诗人受此影响很大，陈师道论诗以"学仙"为喻，韩驹论诗以"参禅"为喻，吕本中论诗重"活法"，其中都包含着"学然后悟"和"求新"的意义。正因为如此，江西诗派的成员之间虽然师友传授，关系密切，但他们的艺术风格并非一成不变。黄庭坚的诗以生新瘦硬见长，陈师道的诗比较朴拙，吕本中的诗比较明畅，曾几的诗趋向活泼，陈与义的诗又趋向雄浑，没有"千人一面"的缺点。即使才力较薄的徐俯、韩驹等人也颇有自立的气概。

所以，江西诗派是中国古典诗歌发展过程中的一个重要环节。其作品是宋诗的重要组成部分，其艺术风格是构成宋诗独特风貌的一个重要因素，它的诗歌理论也在中国文学批评史上占有一定地位。

江西诗派的影响在北宋末期已经非常显著，当时如刘跂、汪藻、张嵲等人虽然没有被看成诗派中人，但他们在创作中也受到黄庭坚和陈师道的影响。到了南宋，江西诗派的影响更遍及于整个诗坛，像杨万里、陆游、姜夔等著名诗人都曾在艺术上受到江西诗派的熏陶。江西诗派的影响在宋代以后也很大，其余波一直延及近代的同光体诗人。

四灵体

中国南宋中期一种学习晚唐诗的诗歌流派及其作品的风格体制。当时，永嘉（今浙江温州）诗人徐玑（号灵渊）、徐照（字灵晖）、翁卷（字灵舒）、赵师秀（号灵秀）互相唱和，因他们的字或号都带有"灵"字，故称永嘉四灵。他们鄙视欧阳修、梅尧臣以来包括江西派在内的诗，而偏爱林逋、潘阆、魏野等承袭晚唐风气的诗；口头上提倡唐诗，实则排斥杜甫，尊尚晚唐。以贾岛、姚合为"二妙"，经过叶适等人的揄扬，四灵体名噪一时。"四灵"中徐照和翁卷是布衣，徐玑和赵师秀做过小官。他们的人生态度是"爱闲""安贫""有口不须谈世事，无机惟合卧山林"（翁卷《行药作》）。其诗题材局限于流连山水；轻古体而重近体，尤重五律；刻意求工，忌用典，尚白描，追求野逸清瘦的情趣。"四灵"的兴起是为矫正江西诗派之弊，而其弊实甚于江西诗派，当时就引起人们的不满。陈著《史景正诗集序》说："今之天下皆淫于四灵，自谓晚唐体，浮薄已极。"《四库全书总目·唐诗品汇》提要也说四灵体"猥杂细碎，诗以大弊"。

江湖派

中国南宋时期诗派。因书商陈起所刊《江湖集》《江湖前集》《江湖后集》《江湖续集》等诗歌总集而得名。江湖派诗人的生活年代不一，身份复杂，有布衣，也有官宦，其中以那些因功名不遂而浪迹江湖的下层文人的作品较有影响，如刘过、姜夔、敖陶孙、戴复古、刘克庄、赵汝鐩等。江湖派诗人多以江湖相标榜，作品表现了他们不满朝政，不愿与之合作的态度；也反映了他们厌恶仕途、企羡隐逸的情绪。江湖派诗人的主要成就表现在古体诗和七言绝句上。他们大都不满江西诗派在诗中堆砌典故、炫耀学问的倾向，力求平直、流畅。

许多人和永嘉四灵一样，崇尚晚唐诗风，但又不像永嘉四灵那样专守律体，尽力锻造。一些江湖诗人喜欢仿古体乐府，或雄放劲切，或质实古朴；也有一些人专在绝句上下功夫，细致精巧，长于炼意。如叶绍翁的《游园不值》。江湖诗派和"江西""四灵"一样，未能摆脱模拟之风，境界不高，气度狭小。正如清贺裳《载酒园诗话·江湖诗》所说："江湖诗非无一二语善者，但全篇酸鄙。"

婉约派

中国宋词风格流派。与豪放派对称。婉约是婉转含蓄的意思，始见于先秦，魏晋六朝已用它形容文学辞章。明确提出词分婉约、豪放两派的，一般认为是明人张綖。清人王士禛《花草蒙拾》说："张南湖（綖）论词派有二，一曰婉约，二曰豪放。"稍晚于张綖的徐师曾在《文体明辨序说》中也说："至论其词，则有婉约者，有豪放者。婉约者欲其辞情蕴藉，豪放者欲其气象恢宏。盖虽各因其质，而词贵感人，要当以婉约为正。"婉约与豪放虽不足以概括风格流派繁富多样的宋词，但足以说明宋词有"阳刚""阴柔"两种基本艺术倾向，故沿用至今。婉约词派的特点是内容侧重儿女情长，结构深细缜密，音律和谐婉转，语言圆润绮丽，具

有一种柔婉之美。词本来是为合乐演唱而作的，起初演唱的目的多为娱宾遣兴，演唱的场合为宫廷贵家或秦楼楚馆，歌词的内容不外离愁别恨、闺情绮怨，形成了以《花间集》为代表的香软词风。宋代的晏殊、柳永、欧阳修、秦观、周邦彦、李清照、姜夔、吴文英、张炎都是婉约词派的代表作家。在词史上婉转柔美的风格相沿成习，由来已久，故被视为词的正宗。

豪放派

中国宋词风格流派。与婉约派对称。豪放作为文学风格，见于《二十四诗品》，杨廷芝解释豪放为"豪迈放纵"，"豪则我有可盖乎世，放则物无可羁乎我"（《诗品浅解》）。可见豪放的作品当气度超拔，不受羁束。北宋诗文革新派作

家如欧阳修、王安石、苏轼、苏辙都曾用"豪放"一词衡文评诗。第一个用"豪放"评词的是苏轼（《答陈季常书》），他还开始写作打破传统词风的词，如〔念奴娇〕《赤壁怀古》等，颇引人注意。据南宋俞文豹《吹剑续录》载："东坡在玉堂，有幕士善讴，因问：'我词比柳词何如？'对曰：'柳郎中词，只合十七八女孩儿执红牙拍板，唱杨柳岸晓风残月。学士词，须关西大汉，执铁板，唱大江东去。'公为之绝倒。"这则故事颇能说明豪放词与婉约词风格的区别。豪放派的特点是创作视野较为广阔，气象恢宏雄放，喜用诗文的手法、句法和字法写词，用典较多，不尽守音律，有的失于粗疏平直、狂怪叫嚣。苏轼的豪放词虽为数不多，当时学苏词的人也寥寥无几，但由于他首开风气，自然受人推崇。沈义父《乐府指迷》云："近世作词者不晓音律，乃故为豪放不羁之语，遂借东坡、稼轩诸贤自诿。"这说明南宋人已明确地把苏轼、辛弃疾作为豪放派的代表，以后遂相沿用。

元曲四大家

中国元代四位杂剧作家关汉卿、白朴、马致远、郑光祖的合称。明代何良俊在《四友斋丛说》中说："元人乐府称马东篱、郑德辉、关汉卿、白仁甫为四大家。"在此以前，元代周德清在《中原音韵》序中说："乐府之盛之备之难，莫如今时……其备则自关、郑、白、马，一新制作。"但周德清虽以四人并称，却并未命以"四大家"之名。另外，明初贾仲明为马致远作的吊词中又有"共庾、白、关老齐眉"的说法，庾指庾吉甫。这些说法表明，元曲四大家的概念是逐渐形成的。关于这几位元曲作家的排列和评价，因人因时而各有不同。元代钟嗣成的《录鬼簿》把关汉卿列为杂剧作家之首，贾仲明称关汉卿是："驱梨园领袖，总编修师首，捻杂剧班头。"但明初朱权的《太和正音谱》却首推马致远，以为"宜列群英之上"，而以关汉卿为"可上可下之才"。明代前期以后，又有盛赞郑光祖而贬低其余三家的，如何良俊《四友斋丛说》说："马之辞老健而乏滋媚，关之辞激厉而少蕴藉，白颇简淡，所欠者俊语，当以郑为第一。"清人王季烈《曲谈》中则有"关、白、马、郑诸家"的提法。关汉卿、白朴、马致远、郑光祖代表了元代不同时期不同流派杂剧创作的成就，他们被称为"元曲四大家"，已为历史公认。

台阁体

中国明代永乐至成化年间的文学流派。代表人物为杨士奇、杨荣、杨溥，号称"三杨"。杨士奇（1365—1444），名寓，字士奇。江西泰和人。建文初入翰林，官至华盖殿大学士。著有《东里全集》97卷、《别集》4卷。杨荣（1371—1440），字勉仁。福建建安人。官至文渊阁大学士。著有《杨文敏集》25卷。杨溥（1372—1446），字弘济。湖广石首（今属湖北）人。官至武英殿大学士。著有《文定集》21卷。三杨历事成祖、仁宗、宣宗、英宗四朝，都是当时的台阁重臣，他们的诗文，饱含富贵福泽之气。粉饰太平、歌功颂德，"应制"和应酬之作，充斥于他们的诗文集中。台阁体貌似雍容典雅，平正醇实，实则脱离社会生活，既缺乏深湛切实的内容，又少有纵横驰骋的气度，徒有其工丽的形式而已。这种文风由于统治者的倡导，以至沿为流派，文坛风气遂趋于庸肤，而且千篇一律。台阁体萎弱冗沓的文风至成化以后渐为时代所不容，革除其流弊的呼声愈来愈高，先有茶陵诗派崛起，遂有李梦阳、何景明等前七子的倡言复古。在复古论的冲击之下，台阁体逐渐失去了往昔的地位。

茶陵诗派

中国明代成化、正德年间的诗歌流派。因流派首领李东阳为茶陵人，故称。明代自成化以后，社会弊病已日见严重，台阁体阿谀粉饰的文风已不容不变，于是以李东阳为首的茶陵派诗人起而振兴诗坛，以图洗涤台阁体啴缓冗沓的风气。李东阳立朝数十年，官居相位，喜奖掖后进，推举才士，所以门生满朝，以他为宗而赫然著名者有石珤、邵宝、顾清、罗玘、鲁铎、何孟春等。茶陵派一时成为诗坛主流。茶陵诗派认为学诗应以唐为师，而效法唐诗则又在于音节、格调和用字。尽管他们作品的思想内容还是比较贫弱并颇多应酬题赠之类，但比台阁体诗要深厚雄浑得多。如李东阳的《寄彭民望》就寄寓着真情实感，非一般应酬之作。他的《拟古乐府》道学气味较为浓厚，不过其中仍有倔奇劲健的篇章。茶陵派其他诗人皆有一些可读的作品。由于茶陵诗派自身仍较萎弱，未能开创诗坛新局面，但它的宗法唐诗的主张，以及师古的创作倾向，却成为前、后七子复古运动的先声。

前七子

中国明代文学流派。弘治、正德年间，李梦阳、何景明针对当时虚饰、萎弱的文风，提倡复古，鄙弃自西汉以下的所有散文及自中唐以下的所有诗歌。他们的主张被当时许多文人接受，于是形成了影响广泛的文学上的复古运动。除李、何之外，这个运动的骨干尚有徐祯卿、康海、王九思、边贡、王廷相。为把他们与后来嘉靖、隆庆年间出现的李攀龙、王世贞等七人相区别，世称"前七子"。他们的文学观的共同点是，强调文章学习秦汉，古诗推崇汉魏，近体宗法盛唐。

前七子的文学主张，有其进步意义和积极作用。明初制定和推行的八股文考试制度，使许多士子只知四书五经、时文范本，不识其他著作。而充斥当时文坛的多是台阁体、"理气诗"。李梦阳等人面临这种情况，首倡复古，使天下复知有古书，使人们注意学习情文并茂的汉魏盛唐诗歌，这对消除八股文的恶劣影响、廓清萎靡不振的诗风，有一定功绩。

前七子在文必秦汉、诗必盛唐的思想指导下，对一些具体的文学见解彼此仍存在着某些分歧，李、何之争正是其表现。虽然他们都认为诗文之法来自秦汉盛唐，但在模拟方法上则稍有不同。李梦阳的拟古，提倡句模字拟，"刻意古范"，"独守尺寸"；而何景明则主张拟古要"领会神情"，"不仿形迹"，应该做到"达岸舍筏，以有求似"，最终不露模拟的痕迹。由此可见，前七子倡导复古，并非完全是食古不化，他们中有些人也在思考、探索，只是没有达到以复古求创新的高度。另外，徐祯卿在《谈艺录》里论诗，重情贵实，主张"因情立格"，亦与李梦阳的看法有所区别。

前七子多是在政治上敢与权

臣、宦官做斗争的人物。尽管他们诗文创作成就不等，但均有一些面对现实、揭露黑暗的作品，如李梦阳、何景明的《玄明宫行》，王九思的《马嵬废庙行》，王廷相的《西山行》等，都以表现宦官专权及讥刺他们横行不法、骄横淫逸为题材，颇切中时弊。

前七子力倡复古，影响甚巨。他们和后七子一起，使文学复古运动在明代长达百年之久。

但是，前七子中一些人过分强调从格调方面刻意模拟汉魏、盛唐诗歌，甚至将一些结构、修辞、音调上的问题视为不可变动的法式，这就否定了文学应有独创性，也否定了创作的现实生活根源，以致发展到后来模拟成风，万口一喙。

后七子

中国明代文学流派。主要由嘉靖、隆庆年间的李攀龙、王世贞、谢榛、宗臣、梁有誉、吴国伦和徐中行七人组成。他们在李梦阳、何景明等前七子之后，继续提倡复古，相互鼓吹，彼此标榜，声势更为浩大，世称他们是后七子。后七子的基本文学主张同前七子一样，强调文必秦汉、诗必盛唐。在他们看来，"西京之文实，东京之文弱，犹未离实也。六朝之文浮，离实矣。唐之文庸，犹未离浮也。宋之文陋，离浮矣，愈下矣。元无文"（王世贞《艺苑卮言》），这就否定了汉以后的全部文章。他们还提出："盛唐之于诗也，其气完，其声铿以平，其色丽以雅，其力沉而雄，其意融而无迹，故曰盛唐其则也"（王世贞《徐汝思诗集序》），"建

安之作，率多平仄稳帖，此声律之渐，而后流于六朝，千变万化，至盛唐极矣"（谢榛《四溟诗话》），极力颂扬盛唐诗歌。

后七子在文坛上活跃的时间较长，他们的文学主张彼此也有不少差异，而且有所发展和变化。开始，"李攀龙、王世贞辈结诗社，（谢）榛为长，攀龙次之"（《明史·谢榛传》）。谢榛虽也主张模拟盛唐，但其取径较宽，诗论也并不过分拘泥。待到李攀龙声名大振后，复古理论走向极端。李攀龙死后，王世贞主盟文坛垂20年之久，"声华意气，笼盖海内"（《明史·王世贞传》）。就在这过程中，王世贞也渐渐觉察到复古主义的某些弊病，曾自悔40岁前所作的《艺苑卮言》，认识到"代不能废人，人不能废篇，篇不能废句"（《宋诗选序》）的道理，在品评他人诗歌时，也肯定"直写性灵，不颛为藻""不求工于色象雕绘"。

由于后七子立论有的褊狭，有的通达，故其创作中的模拟仿古

程度也有所区别，其中李攀龙最为严重。后七子在近体诗方面都有一定功力，李攀龙俊洁响亮，王世贞精切雅致，吴国伦整密沉雄，徐中行闳大雄整，谢榛神简气逸；但也都带有模拟的毛病。加之才气不足，生活不厚，常有重复雷同的现象。

尽管后七子复古运动后期，在公安、竟陵二派的攻击下，已不能左右文坛，但他们"墨守唐音"的部分看法仍为许多诗人所接受。

唐宋派

中国明代文学流派。代表人物有嘉靖年间的王慎中、唐顺之、茅坤和归有光等。自前七子的李梦阳、何景明等倡言复古之后，散文以模拟古人为事，不但缺乏思想，而且文字佶屈聱牙，流弊甚烈。针对这种情况，嘉靖初年，王慎中、唐顺之及李开先等八人力矫李、何之弊，主张学习欧阳修、曾巩的文章。稍晚，以李攀龙、王世贞为代表的后七子再次发起复古运动，在文学观念上与王慎中、唐顺之趣尚近似的茅坤、归有光乃复对其展开了批评。他们变学秦汉为学欧、曾，主张文从字顺，重视在散文中抒发作者自己的思想感情，具有自己的本色面目。唐宋派中散文成就最高的当推归有光。归有光善于抒情、记事，能把琐屑的事委曲写出，不事雕琢而风味超然。唐宋派散文成就超过前、后七子，但也并非俱是佳品，他们的集子中有不少表彰孝子烈妇的道学文章和应酬捧场的文字。前、后七子跨越弘治、正德、嘉靖三朝，取代台阁体主持文坛风气凡百年之久，唐宋派由于自身弱点，虽也指出了复古派的毛病，却始终未能根本改变文坛局面。但其散文创作对后世较有影响，如清代桐城派即继承了它的传统。

公安派

中国明代文学流派。代表人物为袁宗道、袁宏道、袁中道三兄弟，因其籍贯为湖广公安（今属湖北），故世称公安派。其重要成员还有江盈科、陶望龄、黄辉、雷思霈等人。公安派的成员主要生活在万历时期。文学主张主要表现为：①反对抄袭，主张通变。公安派诸人猛烈抨击前、后七子的句拟字摹、食古不化的倾向。②独抒性灵，不拘格套。③推重民歌小说，提倡通俗文学。这些主张发端于袁宗道，袁宏道实为中坚，是实际上的领导人物，袁中道则进一步扩大了它的影响。公安派在解放文体方面颇有功绩，游记、尺牍、小品也很有特色，或秀逸清新，或活泼诙谐，自成一家。但他们在现实生活中消极避世，多描写身边琐事或自然景物，缺乏深厚的社会内容，因而创作题材愈来愈狭窄。其仿效者则"冲口而出，不复检点"（钱谦益《列朝诗集小传》）。后人评论公安派文学主张的理论意义超过他们的创作实践，是为公允之论。

竟陵派

中国明代后期文学流派。以竟陵人钟惺、谭元春为首而得名。又称竟陵体或钟谭体。明代中叶后，前、后七子拟古之风甚烈，"文必秦汉，诗必盛唐"成为评判诗文准则。"唐宋""公安"两派曾先后给予抵制和抨击。竟陵派认为公安派作品俚俗、肤浅，因而倡导一种"幽深孤峭"的风格加以匡救，主张文学创作应抒写"性灵"，反对拟古之风。所谓"性灵"是指学习古人诗词中的"精神"，这种"古人精神"，不过是"幽情单绪"和"孤行静寄"。所倡导的"幽深孤峭"风格，指文风求新求奇，不同凡响，刻意追求字意深奥。由此形成竟陵派创作的风格特点：刻意雕琢字句，求新求奇，语言佶屈，艰涩隐晦。竟陵派与公安派一样在明后期反拟古文风中有进步作用，对晚明及以后小品文大量产生有一定促进之功。然而，他们的作品题材狭窄，语言艰涩，又束缚了创作的发展。竟陵派的追随者有蔡复一、张泽、华淑等。这些人大都发展竟陵派生涩之弊端，往往略下一二助语，自称"空灵"，使竟陵派文风走向极端。受竟陵派影响而较有成就的是刘侗，他的《帝京景物略》成为竟陵体语言风格代表作品之一。

临川派

　　中国明代戏曲流派。又称玉茗堂派，因汤显祖的籍贯（临川）和堂号（玉茗堂）而得名。汤显祖创作传奇《临川四梦》，对当时和后世都产生重大影响。后来，一些戏曲史和文学史家把模仿汤显祖与汤显祖传奇艺术风格相近的剧作家如吴炳、阮大铖、孟称舜等称为临川派。20世纪30年代，日本学者青木正儿在《中国近世戏曲史》（王古鲁译）中首先提出这种说法，但临川派名下只有汤显祖一人。此后中国戏曲史、文学史多采用此说，并进一步把临川派与吴江派相对应。因汤显祖及被归入此派的戏曲家所作传奇文采斐然，故又被称为文采派。也有学者认为实际上并不存在以汤显祖为宗主的临川派。汤显祖下面并未形成过一个流派，文采与格律、文采与本色也并非必然不能相容。戏曲史上的汤（显祖）、沈（璟）之争与流派也没有关系。

吴江派

中国明代万历年间的戏曲流派。因其领袖沈璟是江苏吴江人而得名。作为吴江派的领袖，沈璟的曲学主张主要有两点：①格律第一，"宁协律而词不工"（吕天成《曲品》引）。②戏曲语言崇尚本色。吴江派也被称为格律派、本色派。吴江派以它的活动地区而言，不仅兼指昆山和苏州，而且包括苏南和浙江部分地区。主要成员有王骥德（浙江绍兴）、吕天成、叶宪祖（浙江余姚）、顾大典、冯梦龙（苏州）、范文若（松江）、卜世臣（嘉兴）、沈自晋（吴江）等。可见，所谓吴江派，其实是一个相对的概念。吴江派在曲坛上影响较大的有戏曲作家，也有戏曲理论家，他们在理论上都重视格律。如吕天成的剧作除杂剧《齐东绝倒》外都已失传，而以《曲品》知名。叶宪祖被吕天成看作沈璟的高足，他的传奇现存《鸾鎞记》等数种，重格律而少才情。但这并不表明吴江派曲家从戏剧观到创作风格都与沈璟完全一致，顾大典的《青衫记》相邻韵部混用，可见顾大典对曲律的见解显然与沈璟不同；越中曲家王骥德认为"本色"即是白居易那种老妪可解式的通俗和不以律害意，而不是像沈璟提倡的那样只取其声而不论其义（《曲律》卷三、《杂论》卷三九上）。吴江派事实上成为昆腔的正宗。片面强调格律虽不可取，但也不可否定，吴江派在理论和创作上对昆腔曲律的规范化产生了一定的影响。

复社

中国明末清初江南地区政治集团。形成于崇祯元年（1628），顺治九年（1652）被清政府取缔。

明万历后期，朝政腐败，社会矛盾日趋激化，部分士大夫为改良政治，纷纷结社，著名的有幾社、应社、匡社等。天启中，东林党遭魏忠贤及阉党镇压，东南地区的各派政治势力重新组合，出现了新的社团。崇祯元年，张溥、孙淳、吴翻等联合幾社、闻社、南社、匡社等，结成复社，提出复兴古学的口号。该社先后三次举行大会，即二年的尹山大会、三年的金陵大会、五年的虎丘大会，虎丘大会参加者达数千人，共推张溥、张采为盟主。复社本来仅集合太仓等七郡人物，后来逐渐由江南扩展到江西、福建、湖广、贵州、山东、山西等省。据吴应箕《复社姓氏录》载，其成员为两千余人，一时复社名声大振。张溥、张采等人利用其影响往往可以干预科举考试、地方行政，以至内阁辅臣的更迭。

在政治态度上，该社继承东林党。后有一部分东林党人后裔加入，故又被呼为小东林。崇祯末，复社拥周延儒入内阁，并使其实行自己的主张，使朝政为之一清。但复社的行动也引起原阉党及其他政治派别人物如马士英、阮大铖的仇恨和不满。崇祯末，复社多遭攻讦，势力稍衰。清兵南下后，吴应箕、陈子龙等复社成员多参加抗清斗争。南明弘光朝时，柄权的阮大铖、马士英大肆打击复社成员，致使陈贞慧被逮，侯朝宗、黄宗羲等逃亡，复社一蹶不振，但其成员的活动一直到清顺治间才完全停止。

幾 社

明末文社。崇祯初年创立于江苏松江。倡导人为夏允彝、杜麟徵、周立勋、徐孚远、彭宾、陈子龙等，这六人又号为"幾社六子"。其社名的含义是"幾者，绝学有再兴之幾，而得知幾其神之义也"（杜登春《社事始末》）。幾社曾并入复社，但其成员不卷入政治派别之争，且取友极严，非师生子弟不准入社，以"尽取友会文之实事"，幾社成员，每逢三、六、九聚会诗酒唱酬，会友曾多至百人。

幾社的文学观点受前、后七子复古影响较深，崇尚《文选》，曾仿《文选》体，将会友文章汇刻为《幾社壬申文选》及《幾社会义》。较有成就的作家有陈子龙、夏完淳等，他们的诗文具有充沛的感情，后期创作尤其注重反映现实生活。清兵入关后，他们坚持抗清，不屈而死。徐孚远在明亡后到台湾继续组织"海外幾社"。入清以后，幾社分为若干小社，其活动至康熙初年因受禁而终。

江左三大家

中国明末清初诗人钱谦益（常熟人）、吴伟业（太仓人）、龚鼎孳（合肥人）三人的合称。三人皆由明臣仕清，籍贯都属旧江左地区，诗名并著，故时人称为"江左三大家"。顾有孝、赵沄选其诗为《江左三大家诗钞》九卷，有康熙刊本。

岭南三家

中国清初广东诗人屈大均（番禺人）、陈恭尹（顺德人）、梁佩兰（南海人）的合称。三人居里邻近，时相过从，在创作上互相推重，在当时岭南地区最享盛名。康熙三十一年（1692），同为岭南人的王隼编选三家之诗成《岭南三大家诗选》，隐然有抗衡江左三大家（钱谦益、吴伟业、龚鼎孳）之意，自此始有"岭南三家"之称。不过屈、陈、梁三人的生活道路与思想情趣实有区别。屈大均、陈恭尹曾参加持久的反清斗争，终生不仕清廷；梁佩兰则多次参加科举考试，得授翰林之职。在诗歌内容和风格上，屈、陈有共同的民族思想；梁诗多酬赠和吟咏景物之作，风格较平淡。在艺术风格上，三家也迥异，唯在反映岭南的山川风貌、人情世态方面，三家有共同之处。王煐《岭南三大家诗选序》说：梁佩兰之诗"温厚和平，置之清庙明堂，自是瑚琏圭璧"；屈大均诗"如万壑奔涛，一泻千里，放而不息，流而不竭，其中多藏蛟龙神怪，非若平湖浅水，止有鱼虾蟹鳖"；陈恭尹"诗如哲匠当前，众材就正，运斤成风，既无枉挠，亦无废弃，梁栋榱题，各适其用，准程规矩，不得不推为工师"。王煐所论符合三家诗的不同特点。

浙派词

中国清代康熙、乾隆时期的重要词派。又称浙西派。此派创始人朱彝尊为了改变明代以来词风的纤弱之弊，挽救词的衰颓，曾与同乡汪森选录唐、宋、金、元659家词编成《词综》一书，以供人们摹习。他论词标举南宋，崇尚醇雅，要求"词以雅为尚"（《乐府雅词跋》）。其主导思想，是想用清空醇雅之辞，以洗明词纤靡淫哇之陋，并纠其粗率叫嚣之律。朱彝尊的理论有某些救弊补偏的作用，但他更多地重视字句声律，将词引向了狭窄的境界。浙派的创作往往以词调圆转浏亮、琢句工致精美取胜，但内容比较贫乏。主要成员除朱彝尊外，尚有其同里友人龚翔麟、李良年、李符、沈皞日、沈岸登。龚翔麟曾将各家词合刻为《浙西六家词》行世，浙派词由是得名。

桐城派

中国清代散文流派。创始人方苞，继承发展者虽众，但影响最大的主要是刘大櫆和姚鼐。因为方、刘、姚都是安徽桐城人，故称桐城派。

桐城派的文论，以"义法"为中心，逐步丰富发展，成为一个体系。义法说是由方苞最早提出的，其主旨是要求内容和形式相统一。从"义法"说出发，他主张古文当以"雅洁"为尚，反对俚俗和繁芜。刘大櫆着重发展了方苞关于"法"的理论，进一步探求散文的艺术性，并提出了"因声求气"说。姚鼐是桐城派的集大成者。他把众多不同的文章风格，归纳为"阳刚""阴柔"两大类，实际上他们多数人的创作，是偏于"阴柔"之美的。

桐城派的文章，在思想上多为"阐道翼教"而作；在文风上，是选取素材、运用语言只求简明达意、条例清晰，不重罗列材料、堆砌辞藻，不用诗词与骈句，力求"清真雅正"，颇有特色。桐城派的文章一般都清顺通畅，尤其是一些记叙文，如方苞的《狱中杂记》《左忠毅公逸事》，姚鼐的《登泰山记》等，都是著名的代表作品。

桐城派在清代文坛上影响极大，时间上从康熙初期一直绵延至清代末年；地域上也超越桐城，遍及全国。姚鼐编选的代表桐城派的散文集《古文辞类纂》，流传尤广。

阳湖派

中国清代乾隆、嘉庆时期的散文流派。当桐城派散文在文坛影响极盛之际，阳湖文人恽敬、李兆洛，武进文人张惠言（阳湖、武进二县皆属今江苏常州），在接受桐城派影响的同时，提出了一些不同的主张，世称阳湖派。恽敬本好先秦法家和宋代苏洵的文章，李兆洛、张惠言本治汉赋和骈文。他们接受桐城派的主张，致力于唐、宋古文，但张、李又主张文章要合骈、散两体之长；恽敬又主张兼学诸子百家。恽敬说："百家之敝当折之以六艺；文集之衰当起之以百家。其高下远近华质，是又在乎人之所性焉，不可强也已。"（《大云山房文稿二集》自序）想以此补救桐城派行文单薄和思想上专主孔、孟、程、朱的弊病。他对桐城派作者有不满，如评方苞文"旨近端而有时而歧，辞近醇而有时而窳"（《上曹俪生侍郎书》），评刘大櫆文"字句极洁而意不免芜近"（《大云山房言事》），评姚鼐文"才短不敢放言高论"（同前）等。但他自己的文章，也有比较驳杂和矜饰的缺点，不如桐城派那样雅洁自然。阳湖派的主张，不像桐城派那样拘谨狭隘；他们的作品，与桐城派互有得失、短长，并不能真正超越桐城派。由于恽敬、张惠言曾受桐城之学，故一些文学史家也把阳湖派看作是桐城派的旁支。

常州词派

中国清代嘉庆以后的重要词派。康熙、乾隆时期，词坛主要为浙派所左右。浙派标举南宋，推崇姜（夔）、张（炎），一味追求清空醇雅，词的内容渐趋空虚、狭窄。到嘉庆初年，浙派词人更是专在声律格调上着力，流弊益甚。常州词人张惠言欲挽此颓风，大声疾呼词与《风》《骚》同科，应该强调比兴寄托，反琐屑饾饤之习，攻无病呻吟之作。一时和者颇多，蔚然成风，遂有常州词派的兴起，后经周济的推阐、发展，理论更趋完善，所倡导的主张更加切合当时内忧外患、社会急速变化的历史要求，其影响直至清末不衰。常州词论始于张氏编辑的《词选》。张惠言竭力推尊词体，抬高词的历史地位。张氏比较注意词作的内容，能寻绎词作"感物而发""缘情造端"的意旨，剖析词人"低回要眇"的寄托用心。但他亦有过分寻求前人词作的微言大义而流于穿凿附会的弊病。这种无根臆说的倾向曾遭到王国维的讥议。张惠言的同调者有张琦、董士锡、周济、恽敬、左辅、钱季重、李兆洛、丁履恒、陆继辂、金应珪、金式玉等人，彼此鼓吹，声势大盛。

近人龙榆生《论常州词派》材料翔实，可资参考。

宣南诗社

清代嘉庆、道光年间北京的诗人组织。经常活动于北京宣武门南。初名消寒诗社，建立于嘉庆九年（1804），参加者有陶澍、顾莼、朱珔、夏修恕、吴椿、洪介亭等。他们都是嘉庆七年（1802）的同榜进士，当时都在翰林院供职。第二年，陶澍因丁忧归里，诗社活动停顿。

嘉庆十九年（1814）冬，由翰林院编修董国华发起，诗社继续活动。参加者有陶澍、朱珔、胡承珙、钱仪吉、谢阶树、陈用光、周蔼联、黄安涛、吴嵩梁、李彦章、梁章钜、刘嗣绾、周之琦等。其中有些人是经学家，因此，除作诗以外，也讨论经学。胡承珙说："间旬日一集，集必有诗。嗣是岁率举行，或春秋佳日，或长夏无事，亦相与命俦啸侣，陶咏终夕，不独消寒也；尊酒流连，谈剧间作，时复商榷古今，上下其议论，足以祛疑蔽而泯异同，并不独诗也。"(《消寒诗社图序》)同年12月至次年4月，林则徐在京期间，曾参加宣南诗社。他说："偶喜追陪饫文字，敢擅风骚附述作。"(《题潘功甫舍人宣南诗社图卷》)可见，和诗社的关系并不很深。

道光元年（1821），潘曾沂入京，应邀加入诗社。这一时期，诗社仿白居易的"九老会"之例，成员以九人为率。这九人是：吴嵩梁、陈用光、朱珔、梁章钜、谢阶树、钱仪吉、董国华、程恩泽。道光四年（1824），潘曾沂归里，请王学浩绘成《宣南诗社图卷》。此后，诗社活动渐趋停顿。

道光十一年（1831），由徐宝善、张祥河等发起，恢复诗社，再次举行消寒集会。参加者大都是新人，有卓秉恬、汪全泰、吴清皋、吴清鹏、朱为弼、彭春农等。二三年后，诗社活动消歇。

宣南诗社的主要活动内容为消寒、赏菊、忆梅、试茶、观摩古董，为欧阳修、苏轼、黄庭坚作生日等。陶澍说："匪曰筑骚坛，庶以广经垒。润色太平业，歌咏同朝美。"(《潘公功甫以宣南诗社图属题抚今追昔有作》)朱绶说："国家承平日久，士大夫褒衣博带，雅歌投壶，相与扬翊休明，发皇藻瀚，不独艺林之佳话，抑亦熙化之盛轨也。"(《宣南诗会图记》)这说明宣南诗社提倡的是一种粉饰现实、消闲遣兴的诗风。

近代文学

汉魏六朝诗派

中国近代诗歌流派，以标榜宗尚汉魏六朝诗为特征，主要代表人物为王闿运、邓辅纶。咸丰初年，王闿运与邓辅纶、邓绎兄弟及李寿蓉、龙汝霖，在长沙城南书院结兰林诗社，专作五言诗，不为唐宋歌行体，汉魏六朝诗派始源于此。王闿运论诗主张"尽法古人之美，一一而仿之，熔铸而出之"（《诗法一首示黄生》）。平生专精致力之处，则在追摹汉魏六朝。陈衍说："湘绮五言古沉酣于汉魏六朝者至深，杂之古人集中直莫能辨"，"盖其墨守古法，不随时代风气为转移"（《近代诗钞·石遗室诗话》）。

邓辅纶（1828—1893），字弥之。湖南武冈人。咸丰元年（1851）副贡生，官浙江候补道。有《白香亭诗》，其中卷三全为和陶（渊明）诗，颇能得陶诗韵调。山水诗主要学颜延之、谢灵运、鲍照，高华古秀。而如《鸿雁篇》写灾民悲惨景象，《中秋玩月天心阁感赋》写俄国欺凌中华，皆沉痛哀愤，所以王闿运《论诗绝句》又称他"颜、谢风华少陵骨"。

这一派诗人还有高心夔、陈锐等。高心夔（1835—1881），字伯足，号陶堂。江西湖口人。五古追踪陶（渊明）、谢（灵运），兼工七律。但他学古而不拘执于形貌，而取其神理，诗集名《陶堂志微录》，就取学陶渊明隐志向于微言的意思。故所作每有讽议隐约，寄寓深思远忧，又喜用奇字僻词，造语颇多生新之处。陈锐（1859—1922），字伯弢。湖南武陵（今常德）人。王闿运弟子。初学汉魏选体，中岁经晚清内忧外患，则不为所囿，颇能自立。有《褒碧斋集》。

同光体

中国近代诗歌流派。同光体最早于清光绪二十七年（1901）由陈衍提出："同光体者，苏堪（郑孝胥）与余戏称同（同治）、光（光绪）以来诗人不墨守盛唐者。"（《沈乙盦诗序》）但此派代表诗人陈三立、郑孝胥、陈衍、沈曾植等，主要创作活动和今存诗集编年之始多在光绪中叶以降。陈衍名之为同光体，意在与道光、咸丰年间的宋诗派相承接。同光体实为清末至民国以后宋诗派的别称。

同光体的诗学宗趣主要是学宋，并上溯中唐的韩愈、孟郊、柳宗元等。由于师摹对象与取径不尽相同，其内部也形成不同派别。陈衍《石遗室诗话》将道光以来学宋诗人分成"清苍幽峭"和"生涩奥衍"二派，前者"近日以郑海藏为魁"，后者"近日沈乙盦、陈散原，实其流派"，均指风格。以地域与师承论，又可分为：闽派，以郑孝胥、陈衍、陈宝琛、沈瑜庆、李宣龚为代表，主要师承王安石、苏轼、杨万里；赣派，以陈三立、夏敬观、胡朝梁等为代表，以学韩愈、黄庭坚为主；浙派，以沈曾植、袁昶、金蓉镜为代表，学黄庭坚而兼溯韩愈、谢灵运。此外还有范当世、陈曾寿、俞明震等。

同光体在清末形成较大势力，一方面是因为诗歌审美风尚转移，清代神韵、性灵、格调等诗派到道光以后已经极敝；另一方面更有社会原因，同光体诗人大多有过一段倾向维新、支持变法的经历，但变法失败后面对列强入侵，革命兴起，他们只能痛愤哀叹清朝日衰、覆亡而终成遗老，而在诗歌上，却还希望挽救"诗亡"的命运。同光体之宗宋，主要学"宋人皆推本唐人诗法，力破余地"（陈衍《石遗室诗话》）的精神和经验，力求生新，有所创变，或避俗避熟，或以学为诗。陈衍撰《石遗室诗话》，选《近代诗钞》，为同光体自我标榜与宣传起了一定作用，从而使沉湎于传统诗艺追求的诗人，奔走门下，以与诗界革命和新诗对垒，甚至影响到南社的分裂。所以柳亚子说："从晚清末年到现在，四五十年间的旧诗坛，是比较保守的同光体诗人和比较进步的南社派诗人争霸的时代"（《介绍一位现代女诗人》）。

辛亥革命后，同光体遭到南社诗人柳亚子、林庚白的抨击以及其他诗人如林纾的非议。《石遗室诗话》出版的次年（1930），持有诗界革命观点的金天翮，在《五言楼诗草序》中，进一步指斥同光体诗人"标举一二家以自张其壁垒，师古而不能驭古……又其甚者，举一行省十数缙绅，风气相囿，结为宗派，类似封建节度，欲以左右天下能文章之士，抑高唱而使之暗，摧盛气而使之绌，纤靡委随……诗教由是而隳焉"。1937 年秋，陈衍与陈三立先后去世，次年郑孝胥卒于伪满洲国，同光体诗派终结。

晚唐诗派

中国近代诗派。活跃于清末光绪、宣统至民国初年，主要代表人物为樊增祥、易顺鼎。他们作诗着重学晚唐诗人温庭筠、李商隐、韩偓等，追求对仗工巧，用典精切，词采富艳，诗风典赡华靡，工整绵丽。但两人所取法者不限于晚唐，且各有特点，却都以精于裁对、隶事而自负著称。樊增祥自称"性耽绮语"，"学诗自香奁体入"；又说"颇嗜温、李，下逮西昆"（《樊山集自叙》）。易顺鼎诗以"近于温、李者居多"，"以学晚唐者为最佳"（陈衍《近代诗钞·石遗室诗话》）。他们在甲午战争时期都曾写出一些激于爱国义愤之作，但庚子事变后依附慈禧、荣禄等，民国初又投靠袁世凯，流连戏楼酒肆，诗渐庸滥。所以柳亚子《论诗六绝句》说

"易樊淫哇乱正声"。

属于这一派的诗人还有三多、李希圣、曹元忠等。三多（1871—?），号六桥，又署鹿樵。蒙古族。曾官绥远副都统、库伦驻防大臣。为樊增祥诗弟子，工于隶事，极似樊。所不同者，诗多边地莽苍之气，善以满蒙方言入诗。有《可园诗钞》。李希圣（1864—1905），字亦元。湖南湘乡人。光绪十八年（1892）进士，官刑部主事、京师大学堂提调。诗多七律，专学李商隐。有《雁影斋诗存》。曹元忠，字夑一，号君直。江苏吴县（今苏州）人。光绪二十年（1894）举人，官内阁中书、侍读学士。诗学李商隐及西昆体，隐约绵丽，寓托时事。曾与张鸿等仿《西昆酬唱集》合作《西砖酬唱集》。有《笺经堂遗集》。

湘乡派

中国近代古文流派。由桐城派古文衍变发展而形成，因代表人物曾国藩为湖南湘乡人而得名。

鸦片战争前后，桐城派经姚鼐弟子梅曾亮等传扬，流衍益广，但拘守义理、内容空疏、文多禁忌，渐不能适应现实变化。太平天国起义后，曾国藩从卫护皇权和封建"圣道"出发，扶持自命继承道统、文统的桐城派。1858年，他作《欧阳生文集序》，叙述桐城派源流，宣扬姚鼐及其高第弟子，历称各处众多的桐城派古文家，以见其影响所及，至为广大。次年又作《圣哲画像记》，列姚鼐为古今圣哲32人之一，并谓"国藩之粗解文章，由姚先生启之也"。他位高权重，"又为文章领袖，其说一出，有违之者，惧为非圣无法"（李详《论桐城派》）。桐城派古文遂形成"中兴"局面。当时吴敏树已指出曾国藩并不"以姚氏为宗，桐城为派"（《与篠岑论文派书》）。曾国藩复信亦承认"斯实搔着痒处，往在京师，雅不欲混入梅郎中之后尘"；又称"平生好雄奇瑰玮之文"，与桐城派古文清淡简朴的作风并不相同。其《送周荇农南归序》"略述文家原委"，赞赏清中叶胡天游、邵齐焘、孔广森、洪亮吉等骈文家"宏丽之文"，而对"方姚之流风"稍稍兴起的趋势，并无美词。曾国藩虽推崇桐城派但不墨守，实际利用桐城派"私立门户"。他编选《经史百家杂钞》，补充姚鼐《古文辞类纂》摒弃经史的缺陷，扩大古文的学习范围，更为通达。更重要的是接受经世思潮的影响，于桐城派标榜的义理、考据、辞章之外，加以"经济之学"；又指出"古文之道，无施不可，但不宜说理耳"（《致吴南屏书》），把古文引向关心经世要务、切实致用的路径。而为文少禁忌，奇偶并用，使文章舒展有气势，雄厚有内容，矫正桐城派专在文辞上洗刷，求雅洁而偏柔弱之弊，使古文从局促迂缓的狭小天地里解脱出来。晚清李详认为："文正之文，虽从姬传入手，后益探源扬、马，专宗退之，奇偶错综，而偶多于奇，复字单义，杂厕相间，厚集其气，使声采炳焕，而戛焉有声。此又文正自为一派，可名为'湘乡派'，而桐城久在桃列。"（《论桐城派》）曾国藩对桐城派文论和文风的改造，反映鸦片战争后文学向经世致用发展和风格转换的趋势，但也包含把经世文风纳入"卫道"轨道，以适应统治者需要的意图。曾国藩事功、文章名噪一时，幕府鼎盛，产生很大影响。尤其被称为"曾门四弟子"的黎庶昌、薛福成、张裕钊、吴汝纶，服膺其文论而付之践履，为湘乡派中坚。但湘乡派未能扭转传统古文衰变的趋势。曾门弟子之后，桐城派转回方苞、姚鼐旧辙，湘乡派亦告终。

诗界革命

中国近代诗歌改革运动。诗歌改革的探索始于戊戌变法之前。1868年，黄遵宪批评俗儒"尊古"诗风，表示要"我手写我口"（《杂感》诗）。1891年，又提出表现"古人未有之物，未辟之境"（《人境庐诗草序》）的主张。

1896—1897年，夏曾佑、谭嗣同、梁启超曾试作"新学之诗"，又称"新诗"。当时，改良派正企图融合佛、孔、耶三教的思想资料，创立一种为维新运动服务的新学。因此，他们相约作诗"非经典语不用"。如谭嗣同《金陵听说法》诗有句云："一任法田卖人子，独从性海救灵魂。纲伦惨以喀私德，法会盛于巴力门。"其中，"卖人子"指耶稣被出卖，典出《新约》；喀私德指印度种姓制度，巴力门即议会，均为英语译音；法田、性海，为佛家语。夏曾佑的《绝句》诗以冰期、巴别塔等地质学名词及《旧约》中的典故入诗。他们试图以新学理、新名词为诗，表现资产阶级新思想，但是，这类诗语言源泉狭窄，艰涩难懂，失却了诗的美感韵味。

戊戌变法失败后，梁启超逃亡国外，发起以"新民"为宗旨的资产阶级思想启蒙运动。其中重要方面是推进文学变革，包括诗界革命。1899年底，他在《汗漫录》（又名《夏威夷游记》）中提出诗界革命"三长具备"的纲领："第一要新意境，第二要新语句，而又须以古人之风格入之，然后成其为诗。"他所谓新意境、新语句，主要指西方资产阶级民主文化，表明诗界革命的思想启蒙性质。1902—1907年，梁启超连续发表《饮冰室诗话》，进一步阐发诗界革命理论。

梁启超的主张，得到黄遵宪、康有为、丘逢甲等的热烈呼应。黄遵宪写《军歌》《幼稚园上学歌》等新歌词，建议提倡民间歌谣体。梁启超在《清议报》《新民丛报》《新小说》特设专栏，发表他们的诗歌，诗界革命形成一定规模和声势。

诗界革命也获得包括革命派诗人在内的更多诗人的响应。后来成为南社成员的马君武、高旭、蒋同超以及被称为"革命诗僧"的黄宗仰等，都曾在《新民丛报》发表诗作，并得到梁启超的赞扬。1903年后，一些倾向革命的杂志如《浙江潮》《江苏》《云南》《觉民》等，也都辟出专栏发表新诗、新歌词。秋瑾、柳亚子、于右任等人的诗歌，都表现出诗界革命的风格。

诗界革命强调保持古风，因而没有改变古典诗歌的基本形式和基本语言。但它要求作家努力反映和表现新事物、新理想、新感情，相应要求部分运用新词汇，试创新形式；部分新体诗语言趋于通俗，不受旧体格律束缚。因此解放了诗歌表现力，冲击了长期统治诗坛的崇古、学古倾向，冲破了传统"诗教"的思想束缚，转换了诗歌发展方向。同时，新意境、新语句、旧格律"三长具备"的特征，也为"五四"以后新文学家的旧体诗所继承，形成一种不同于古典诗歌、也不同于白话新诗的"旧体新诗"。1905年革命派和改良派大论战后，革命派诗人不愿意再明确地以诗界革命相号召，加以当时国粹主义文化思潮的影响，诗界革命逐渐停滞。

新民体

中国近代出现的散文体式。由梁启超在报章杂志上创立，因发皇于早期《新民丛报》而得名，又称新文体或报章体。

清代文坛原以桐城派为正宗。梁启超"夙不喜桐城派古文"，1896年创办《时务报》时，继承龚自珍、魏源"以经术作政论"的传统，为报刊文体开辟新的道路。戊戌政变后，梁氏逃亡日本，编《清议报》，1902年起又主办《新民丛报》《新小说》等，专以思想启蒙、宣传爱国主义为业。他受日本德富苏峰等人善于表现"欧西文思"的报刊文的影响，提出文界革命，刻意进行文体改革。他的政论文如《过渡时代论》《少年中国说》《新民说》，杂文如《饮冰室自由书》《说希望》《呵旁观者文》，史传文如《戊戌政变记》《罗兰夫人传》《意大利建国三杰传》等，均为新民体的代表作，半文半白，半雅半俗，洋洋洒洒，极言竭论，感情饱满，具有强烈的感染力和鼓动性，"学者竞效之，号新文体"。新民体打破古文宗派家法的束缚，创造了一种适于传播启蒙思想、形式自由畅达的新体散文，取代桐城派的统治地位而盛行于20世纪初的文坛。黄遵宪曾盛赞《新民丛报》文章的巨大影响："中国四五十家之报，无一非助公之舌战，拾公之牙慧者，乃至新译之名词，杜撰之语言，大吏之奏折，试官之题目，亦剿袭而用之"；"举西东文明大国国权民权之说，输入于中国，以为新民倡，以为中国光"，"震惊一世，鼓动群伦"（《致新民师函丈书》）。

新民体主要是一种报章文体，产生于思想启蒙初期，不免有"粗率浅薄"的缺点，也没有完全摆脱文言气息。1905 年后，立宪派和革命派分别以《新民丛报》和《民报》为主要阵地展开论战，双方的文章虽然仍具有新文体的特征，但已趋于向更注重逻辑严密的政论文发展。因此，新民体仍属于杂文学意义上的"文"，是中国传统文言文的一次解放，成为文言文变革为现代散文的过渡性文体。

南　社

中国近代文学团体。社名取

"操南音不忘其旧之意"。辛亥革命前后，以革命民主主义者为中坚，以反清革命为共同思想基础，以振起国魂、弘扬国粹为主导文学思想的全国性文学团体。发起人为高旭、陈去病和柳亚子。1909 年 11 月 13 日在江苏苏州成立，后活动中心移至上海。社员总数最多时达 1180 余人。1923 年解体，以后又有新南社和南社湘集、闽集等组织。前后延续 30 余年。

1906 年高旭在上海创办健行公学，请柳亚子执教。同年，陈去病在徽州与黄宾虹成立黄社；1907 年又与吴梅、刘季平在上海成立神交社，都为南社的建立打下基础。1908 年 1 月，高旭、柳亚子、陈去病与朱少屏等在上海商议结社。1909 年 10 月 17 日，高旭在《民吁报》发表《南社启》，宣告"与陈子巢南、柳子亚庐有南社之结"。11 月 6 日，陈去病发布《南社雅集小启》。11 月 13 日，南社在苏州虎丘、明末抗清志士张国维祠成立。陈去病、柳亚子等 17 人出席。高旭因事未与会。会上选举陈去病、高旭、庞树柏分任文选、诗选、词选编辑员，柳亚子为书记员，朱少屏为会计员，组成南社领导核心。

南社的历史大体可分三期。

从成立到辛亥革命，为发展与兴盛期。1910—1911年，绍兴、沈阳、淮安、广州相继成立越社（鲁迅曾为其成员）、辽社、淮南社、广南社（又称粤社），均为南社分支。至武昌起义前夕，社员达228人。他们的创作以激励国人为职志，掊击清廷，排斥帝制。其中一些人直接参加革命斗争。淮南社发起人周实、阮式在淮安响应武昌起义，被清政府杀害。南京临时政府和袁世凯"议和"时，柳亚子等又撰文反对妥协。

1912—1916年，为壮大与转折期。民国初建，南社声望大增，迅速扩大。柳亚子、陈去病等继续反对袁世凯复辟。宋教仁、宁调元等

南社虎丘雅集

社员在反袁斗争中牺牲。同时，随着革命"成功"的最初兴奋过去，不少社员日趋消沉。为维系和加强组织，由柳亚子提议并坚持，1914年南社改变领导体制，设主任总揽社务，柳亚子当选。但南社早期的生气渐失。

1917—1923年，为分裂、解体期。此期社员人数虽达到最多，但出现矛盾和分裂。1917年，社员闻宥、朱玺等和柳亚子就同光体诗人发生论争，柳亚子宣布将朱玺、成舍我逐出南社，成舍我则联合主持粤社的蔡守提出打倒柳亚子，暴露了南社内部政治意识与文学观念的混乱与分歧。自此柳亚子心灰意冷，1918年由姚光接任主任。此时新文化运动已兴起，南社中除吴虞、柳亚子等少数人积极呼应外，多数社员抱残守缺，甚至持反对态度。1923年5月，柳亚子、叶楚伧与陈望道等组织新南社。同年10月，包括高旭在内的19名任国会议员的南社成员受贿投票选举北洋军阀曹锟为总统。陈去病、柳亚子、姚光等联名宣布"不再承认其社员资格"，而启事名称已为《旧南社社友启事》，表明南社已经成为历史。

1923年成立的新南社，鼓吹三民主义，提倡民众文学，是一个性质不同的新组织，并不是南社的继续，存在一年多即停止了活动。此后，1924年傅専在长沙组织南社湘集，到抗战前还有活动；1943年，朱剑芒在福建永安设南社闽集，均为南社余波。

南社人数众多，文学思想比较复杂，但以文学振起"国魂"即启迪国民意识、振奋民族精神，同时从"爱国保种"出发，"共谋保存国粹"，则为大多数社员所认同。在文学变革方面，柳亚子等反对晚清文坛上同光体、六朝诗派、晚唐诗派等学古诗派及常州词派、桐城派。但主要是反对这些流派作家的思想倾向和遗老感情，创作上仍主张"形式宜旧，理想宜新"（《与杨杏佛论文学书》）。也有社员主张"唐宋元明都不管，自成模范铸诗才"（马君武《寄南社同人》），"多读西诗以扩我之思想"（胡怀琛《海天诗话》），提倡"诗界更新"（周祥骏《更生斋诗话》）。但大都受当时国粹主义文化思潮影响，认为中国文学可以"称伯五洲"，要求光大民族文化，对欧风东渐以来文人学子醉心西方文学不满；同时由于在政治上反对主张君主立宪的梁启超，所以多不再提诗界革命。还有些人是同光体、常州词派和桐城派的崇拜者，他们人数不多，但习染很深。在风格上，"振唐音"或"学宋诗"也不一致。

南社在组织上具有全国性、广泛性。成员遍布十八省，并吸收了许多女作家。以诗文作家为主，同时也包括了戏剧家、小说家、画家等。南社有组织条例，并曾多次修改。入社要有社员介绍、交纳社金、填入社书，编有社员通讯录。领导核心经选举产生，由编辑员、会计、书记组成；后改主任制，更加完善。南社以雅集为聚会形式，先后组织18次雅集。它有专门的

社刊即《南社丛刻》。以上种种均古代文人结社所无，已初具近代特征。

南社主要作家除柳亚子、陈去病、高旭外，还有苏曼殊、马君武、宁调元、周实、吴梅、黄人、黄节、李叔同、于右任、林庚白，以及词人庞树柏、易孺，女诗人徐自华、张默君、吕碧城等。

南社文学以诗文为主，创作主流表现了反封建民主革命精神和强烈的民族主义色彩。所创诗歌主流在传统形式中注入革命内涵，大都不同程度地使用新名词，有些作

品，尤其以"歌"为名的歌行体诗，更趋解放、奔放，标志诗界革命发展为革命诗潮。但是，由于笼统地主张保存国学，创作实践中的一些新芽未能发展，在艺术形式上也没有进一步推进变革。

1917年曾出版《南社小说集》，收周瘦鹃、程善之、叶小凤、王钝根、赵苕狂、胡寄尘、贡少卿、王德钟、王均卿等作品，大都为言情小说。

南社作品除各家别集外，多保留于《南社丛刻》。南社各分支组织也曾计划出版刊物。其中，越社的机关刊物为《越社丛刊》，鲁迅编，1912年2月出版，仅出1集。胡朴安于1924年刊行《南社丛选》。1936年，柳亚子又将《南社丛刻》上的诗、词，按人名重新编排，出版《南社诗集》《南社词集》2种，共8册。

南社研究史料，主要有柳亚子《南社纪略》，1940年（上海）开华书局出版，1983年上海人民出版社重印；郑逸梅《南社丛谈》，1981年上海人民出版社出版；杨天石、王学庄《南社史长编》，1995年中国人民大学出版社出版。

谴责小说

中国近代小说流派。以揭露、讥讽清末政治腐败、社会黑暗为主要特征。出现于1903年后，并迅速扩展，成为清末最兴盛的小说流派，余波延及民初。鲁迅在《中国小说史略》概括这类小说的特点是"揭发伏藏，显其弊恶，而于时政，严加纠弹，或更扩充，并及风俗"，而"辞气浮露，笔无藏锋"，有别于古代讽刺小说，故称之为"谴责小说"。

戊戌变法失败，随后八国联军侵华，清王朝的腐朽暴露无遗，这是谴责小说产生的社会原因。谴责小说又是小说变革的产物。梁启超

发起小说界革命后，作家广泛接受他的以小说来"改良群治"的主张。先后出现了李宝嘉的《官场现形记》、吴沃尧的《二十年目睹之怪现状》、刘鹗的《老残游记》、曾朴的《孽海花》，合称清末四大谴责小说，皆以写官场为主。在它们的影响下，同类小说大量涌现。如披露刑狱黑暗的李宝嘉的《活地狱》、吴沃尧的《九命奇冤》，讽刺假维新派的如蘧园《负曝闲谈》、李宝嘉《文明小史》，写商人投机、买办发迹的如姬文《市声》、吴沃尧《发财秘诀》、黄世仲《廿载繁华梦》、云间天赘生《商界现形记》，揭露迷信风俗的如壮者《扫迷帚》、嘿生《玉佛缘》、遁庐《当头棒》等，其他写女界、华工、庚子事变的小说也有暴露谴责的内容。

谴责小说从官僚系统及商界、名士、外交等多个侧面暴露了清末社会的腐朽、污浊、黑暗，反映社会面之广阔为此前小说所未有。但谴责小说作家大多倾向改良社会，

而不赞成革命，却又提不出什么治世药方。李宝嘉写《官场现形记》，想让做官的"读了知过必改"（第十六回）。吴沃尧则将社会弊端归于道德沦丧，要求"恢复旧道德"（《上海游骖录·跋》）。因此小说中充斥愤慨嘲骂，而几乎没有正面人物，即使有，也形象单薄无力，多带悲剧性。

谴责小说处于近代新小说起步阶段，艺术上尚不成熟。由于创作思想在于把"蛇神牛鬼的情形""一桩桩一件件的搜集拢来"（张春帆《宦海》），同时为适应报刊连载的需要，故多属连缀短篇成长篇的性质，缺乏完整的结构。人物随一则故事出现又与故事俱终，形象的类型特征突出而不丰满。有些作品虽有贯串全书的人物，也主要起连缀故事的作用。表现手法过于直接、夸张。但随着创作发展，小说叙事、描写艺术也有所变化和进步，如《九命奇冤》受西方翻译小说影响，采用倒叙手法，《孽海花》"文采斐然"，《老残游记》"叙景状

物，时有可观"（鲁迅《中国小说史略》）。

侠义公案小说

中国近代小说流派。侠义小说和公案小说合流的产物。近代以前，侠义小说和公案小说，各自独立发展。自唐代传奇《昆仑奴》《红线》《聂隐娘》等，至宋元话本中的"朴刀""杆棒"类以及宋代《江淮异人录》、明代《剑侠传》等，均属侠义小说。公案小说始于宋人说话中"说公案"，如宋元话本《简帖和尚》，至明代有《龙图公案》《海刚峰先生居官公案传》等。两派合流的现象最初出现在清嘉庆年间，代表作是《施公案》，此后有《三侠五义》《彭公案》《李公案》《永庆升平前传》和《永庆升平后传》等，而且不断出现续书。《施公案》达到"十续"，《三侠五义》后有《小五义》《续小五义》等，《彭公案》续至300余回。数量众多，风靡一时，形成流派。

侠义公案小说的内容，基本以一名臣大吏为主，一些豪侠之士为其清廉刚正所折服归顺，保护和辅佐他破案断狱，铲除危害朝廷的谋逆奸臣、绿林豪强、劣绅恶徒等。

侠义公案小说盛行，一方面是适应维护封建秩序的需要，从"剪恶除奸，匡扶社稷"出发，宣扬"尽忠"思想，提倡"奴才"哲学。公案小说原来主要写官吏的足智多谋、断案如神，而侠义公案小说则突出清官的忠君思想和整肃纲纪作用。侠客本来凭非凡武艺锄恶救难、杀仇报恩，甚至与官府对抗，同道之间尤重义气，后来却成了官府的保镖和鹰犬，甚至为了"忠"而抛弃绿林之"义"。另一方面，清末政治腐败，社会混乱，深受其害的底层平民百姓，往往把幻想寄附在能与权奸酷吏和盗匪恶霸对抗的清官和侠客身上，所以鲁迅说《三侠五义》是"为市井细民写心"（《中国小说史略》）。

侠义公案小说把官吏破案的曲折过程和侠客除恶的惊险行动糅合起来，一案数回，各案相接，组织成跌宕起伏的情节，比较吸引人。但大多数作品均"荒率殊甚"，艺术粗糙。少数作品如《三侠五义》，在艺术上有一定成就。

侠义公案小说在19世纪影响颇大，许多故事被改编成戏曲。清末以后，破案故事被新兴的侦探小说所取代，侠义故事则衍变为武侠小说。公案小说遂逐渐减少。

狭邪小说

中国小说流派。即"伎家故事"，主要写妓女与嫖客、优伶与名士生活。唐代传奇《霍小玉传》《李娃传》等即以妓女为主人公。明代梅鼎祚的《青泥莲花记》、清代余怀《板桥杂记》等，亦属此种，但多为短篇或笔记小说。近代大量出现此类长篇小说，始有《品花宝鉴》，继有《花月痕》《青楼梦》《海上尘天影》《海上花列传》《九尾龟》《海上繁华梦》等，故鲁迅在《中国小说史略》中名之为"狭邪小说"。

开狭邪小说先河的是《品花宝鉴》，又名《怡情佚史》，60回，清道光二十九年（1849）初刻。作者陈森（1796—1870），字少逸。江苏常州人，科举不得意，在京师某贵官家教馆，因贵官好戏曲，遂知梨园内情。小说写名士与男伶的同性恋，以侍读学士之子梅子玉和戏班男旦杜琴言神交钟情为中心。作者将伶人分正邪，狎客别雅俗。然而邪、俗者固然满纸丑态，所谓"雅、正"也只是把性变态行为美化为"用情守一"。小说其实是乾隆以来以"相公"（男旦）为玩物的病态风气的反映。

此后狭邪小说多以妓院为题材。较早的有《花月痕》和《青楼梦》。《花月痕》成稿于咸丰末年，《青楼梦》成书于光绪四年（1878），都在光绪十四年刊行。两书写法沿袭明末清初才子佳人小说的旧套，把妓女写成多情佳人，嫖客则是风流才子，行文缠绵，诗词盈篇。最后才子飞黄腾达，"佳人"也随之富贵，反映了落魄文人的幻想。如《青楼梦》，叙苏州才子金挹香，必欲"得天下有情人"，纳五妓为一妻四妾，又接连中举、捐官、升迁、受封，最后得道羽化。本为司花仙女的三十六妓也重入仙班。作者署慕真山人，即俞达（?—1884），又名宗骏，字吟香。江苏长洲（今苏州）人。科考不第，教书为业，早年风流自赏，中年家道中落，所以借书中人感叹"公卿大夫竟无一识我之人"，"反不若青楼女子，竟有慧眼识英雄于未遇也"。

19世纪末，狭邪小说出现变化，转向写实，代表作是韩邦庆的《海上花列传》。对妓女生活能做出较为客观的叙述和描写，既写出她们虚情假意骗取钱财，也写出一些妓女本性的善良和软弱。尤其是通过女主人公赵二宝的遭遇，反映了妓女的悲惨命运。同时以妓院为中心，展示上海洋场中官僚、买办、商贾、流氓荒淫无耻、挥霍无度、尔虞我诈的丑恶嘴脸。

庚子事变以后，受谴责小说影响，狭邪小说也更侧重于暴露。张春帆（1872—1935）的《九尾龟》，

12 集，192 卷，从光绪三十二年（1906）至宣统二年（1910）陆续刊行。小说写及上海所谓"四大金刚""十二花钟"众多妓女及形形色色嫖客，并及官僚家庭的丑闻秽行、鸨母虔婆的奸恶狠毒、流氓光棍坑蒙拐骗等，暴露了清末社会风气的腐朽糜烂。鲁迅总结近代狭邪小说中对妓女形象的描写凡三变："先是溢美，中是近真，临末又溢恶。"（《中国小说的历史变迁》）狭邪小说是近代畸形社会的产物和反映，其客观认识价值和文学价值并不相等，但总体上属于小说的末流。

黑幕小说

近代小说流派。大约在 1915 至 1918 年间，与鸳鸯蝴蝶派前后相继，盛行于上海，它与鸳鸯蝴蝶派同样反映了作者游戏的、消遣的、趣味主义的文学观。当时各种杂志、小报、大报副刊均刊载此类小说，如《时事新报》就开辟有"上海黑幕"专栏。这类作品数量达数十百种，代表作是 1918 年编辑出版的《中国黑幕大观》及其续集。

《中国黑幕大观》"哀其文为百万言"，"列其纲为十六，标其目为千余"（序二），分政界、军界、学界、商界、党会、匪类、报界、僧道、慈善事业等类，编撰者自谓"摘伏发奸，穷形尽相"，以起"醒世"或"劝戒"的作用。实际上，这类黑幕小说的内容，不外"某某之风流案""某小姐某姨太之秘密史""某女拆白党之艳质""某处之私娼""某处盗案之巧"，等等，虽然揭发了社会上的种种罪恶和龌龊行为，却把它归结为偶然现象，并没有揭示其社会根源。加上作者客观地毫无取舍地记录各种丑恶现象，其社会作用往往适得其反，变成了教人为恶的"犯罪教科书"。

有的作品更成为军阀、政客之间相互中伤、攻讦的工具。所以鲁迅指出，这类作品"丑诋私敌，等于谤书；又或有谩骂之志而无抒写之才，则遂堕落而为'黑幕小说'"（《中国小说史略》）。正由于黑幕小说在内容和形式上都无多可取，因此它的生命很短，"五四"后便销声匿迹了。

现代文学

新　诗

中国"五四运动"以后创作的新体诗歌，为与传统的旧体诗歌相区别，故称新诗。其特点是以现代汉语为基础，形式自由多样，接近口语，不计音韵，内容富有时代气息。又称白话诗、语体诗。在艺术形式上有的借鉴传统诗歌，有的借鉴民歌，有的借鉴外国诗歌，形式、风格多种多样。在中国新文学运动中最早尝试写新诗的有胡适、刘半农、郭沫若、徐志摩等。第一本新诗集是胡适的《尝试集》（1920），最早从思想艺术上为新诗地位的确立做出重大贡献的是郭沫若的《女神》（1921）。

自由体诗

现代中国新诗的一种主要形式。作为"五四"文学革命的一项成果，与当时内容的革命性变化密切联系在一起，诗歌的形式也从中国旧体诗的僵硬格律中获得解放。运用现代白话写作，不拘泥于外在的韵律和音节等，诗体不受任何框式的束缚，段、行和字数都不固定，这就是新文学运动中最初出现的自由诗的雏形。因此，虽称自由诗为一种形式，但它又并无特定的诗形，而是这一类自由体诗的统称。从"五四"前夕起，一些新文学运动的参加者即对自由诗作了尝试和探索，胡适等为使新诗摆脱旧诗词格律的影响，进行了艰苦的努力。真正从内容形式冲破旧诗的樊篱，而表现出彻底叛逆精神的，是郭沫若创作的《女神》，这是中国

自由诗走向独立的代表诗集。自由诗产生和发展的过程中受到外国诗歌的明显影响，如美国惠特曼的诗风对郭沫若等人的创作有很大的影响，印度泰戈尔等的诗情也为不少人所接受。朱自清将"五四"以后第一个十年的诗作分为自由诗、格律诗、象征诗三派，对自由诗给予充分的论述和肯定。自由诗在抗战时期因艾青、田间等的提倡，得到极大的繁荣。艾青关于诗的散文美的主张，使自由诗的存在进一步得到了理论的解释。"把诗从沉寂的书斋里，从肃穆的讲坛上呼唤出来，让它在人民的苦难和斗争中接受磨炼，用朴素、自然、明朗的真诚的声音为人民的今天和明天歌唱：这便是中国自由诗的战斗传统。"（绿原《白色花·序》）

新格律体诗

"五四"以后出现的一种不同于自由诗，又没有固定格律的格律诗，亦称"现代格律诗"。早在"五四"文学革命期间，刘半农就倡议破坏旧韵重造新韵和增多诗体。稍后，陆志韦在为自己的诗集《渡河》（1923）所作的序言中论及新诗的艺术特征时，提出了"节奏千万不可少，押韵不是可怕的罪恶"的看法。1926年，闻一多在《诗的格律》一文中，系统地提出了建立新格律诗的具体主张。他要求"节的匀称和句的均齐"，押韵，要求每行诗的"音尺"（又称"音步"，英文 feet 的意译）数要相等，由调和的音节产生整齐的诗句。他还指出，这种格律应该根据内容的需要"相体裁衣"。经过这样的倡导，写格律诗的多起来了，成为新诗中的一种体裁。闻一多更是以创作来实践自己的理论主张，他的诗集《死水》（1928），在当时被誉为"近年来一本标准诗歌"（沈从文《论闻一多的〈死水〉》）。30年代初从自由诗转向格律诗写作的林庚，根据古典诗歌艺术传统和现代口语发展特点，于50年代初提出了一种节奏为上五下四的九言体的新诗建行设想，以后又补充了十言（五五）和十一言（六五）两种。50年代何其芳在《关于写诗和读诗》及《关于现代格律诗》等文中，提出建立"现代格律诗"的设想和具体要求：每行顿数一样，可以有每行三顿、四顿、五顿几种基本形式；每行的最后一顿基本上是双音词；押大致相近的韵；由于押韵有规律，每节的行数也是规律的。60年代初，臧克家提出以精练、大体整齐、押韵，作为新格律诗的基本条件，"在行与行相互映衬的时候，音组方面大致相等，也可以多少有些出入"；"至于单音尾双音尾问题，我觉得无关大体"

（《学诗断想》）。他们的见解不完全一致，但都倾向于新格律诗应当押韵，诗行应相对整齐，应当有一定的格律形式，但这种格律形式可以多种多样。

阶梯式诗

现代中国新诗中一种排列特殊的诗。因诗行的排列有规律地错落成为阶梯（楼梯、台阶）形而得名。又称"楼梯式""台阶式"。20年代初，苏联诗人马雅可夫斯基开始大量创作阶梯式诗，以后他的诗作几乎全部采用这种排列形式。因此，也有人称阶梯式为"马雅可夫斯基式"。早期中国新诗中也偶尔出现过一些类似的诗行排列形式的短诗，如田汉的《黄昏》《暴风雨后的春潮》、李金发的《有感》等，抗战时期田间的诗集《给战斗者》

和叙事长诗《中国·农村的故事》《她也要杀人》等，对于阶梯式的新诗进行过大量的尝试，产生了一定的影响。到了50年代，由于一些诗人的实践，使阶梯式新诗作为一种重要的新诗诗体而被人们所接受。郭小川、贺敬之、闻捷等诗人，都不同程度地接受了马雅可夫斯基诗风的影响，又在创作实践中融汇了民族诗歌的艺术传统，改造了马雅可夫斯基的"阶梯式"，创造了一种民族化的阶梯式中国新诗。1955年4月至1956年6月，郭小川写了一组七首题为《致青年公民》的抒情长诗，自称"为了表现稍许充沛一些的感情"（《关于〈致青年公民〉的几点说明》），全部以阶梯式排列诗行，但并非生硬地照搬，而是注意了中国语言的习惯。其后，贺敬之写出了阶梯式新诗的重要作品《放声歌唱》（1956）及《东风万里》（1958）、《十年颂歌》（1959）、《雷锋之歌》（1963）等，他根据中国古典诗歌传统和现代汉语特点改造外来形式，创造了

"从外观上看是'楼梯式'，从结构上看则是很好的排比句和对偶句，句子的韵律自然"的"阶梯式"的诗行。阶梯式的诗行排列有助于加强诗的节奏感，能较为充沛地表达作者丰富的思想感情层次，因此，多用于题材重大、内容的时间空间跨度较大、篇幅较长的政治抒情诗。

美 文

中国"五四"文学革命初期侧重抒情叙事的白话散文的特定名称。周作人最早提出了这一概念。当时所谓美文系指狭义的散文，或叙事绘景，或抒情言志，或兼有二者，能以优美的抒情或叙事文笔表现出作者的真情实感和个性特征。初期白话散文中占有重要位置的游记、通讯、抒情小品、随笔和散文诗均属此类。冰心的《笑》《往事》

《寄小读者》，朱自清的《桨声灯影里的秦淮河》《荷塘月色》《绿》《背影》，鲁迅的《秋夜》《雪》《好的故事》等，以及许地山《空山灵雨》和叶绍钧、俞平伯《剑鞘》中的一些篇什，都是各有特色的美文名作。

新文学运动中，美文这个概念主要是针对复古派认定凝练隽美的古典文言散文为美文，而把白话散文斥为俚俗粗鄙的街头巷语的偏见提出的。白话美文的出现，"是为了对于旧文学的示威，在表示旧文学之自以为特长者，白话文学也并非做不到"（鲁迅《小品文的危机》）。它的成功，打破了"'美文不能用白话'的迷信"（胡适《五十年来之中国文学》），显示了文学革命的实绩，推动中国现代散文更自觉地向一种独立的文学形式发展。20年代后期到30年代，一般不再使用美文这一名词。包括美文在内的散文，已成为与小说、诗歌、戏剧并列的一种文学体裁，呈现出更加绚烂多彩的面貌。其中，以写美

文性质的抒情散文著称的废名、梁遇春、何其芳、李广田以及丽尼、陆蠡等，被认为是继冰心、朱自清等人之后的代表作家。

散文诗

兼有诗与散文特点的文学样式。它融合了诗的某些特质和散文的描写性，从形式上看，它有散文的外观，不像诗歌那样分行和押韵，但又含有浓郁的诗意和音乐美、节奏美。散文诗是一种近代文体，正式流行起来是在19世纪中叶以后。第一个正式采用"小散文诗"这个名称并有意识采用这种体裁是法国诗人波特莱尔。在中国新文学中，散文诗是一个引进的文学体裁。最早出现的是刘半农翻译的屠格涅夫的四章散文诗（1915）和印度作品《我行雪中》（1918）。鲁

迅、刘半农、许地山、冰心等都有散文诗作品，其中思想和艺术成就最高、影响最大的是鲁迅的散文诗集《野草》。

小品文

散文体裁的一种。其含义在国外文学理论中较为宽泛。西方小品文一词源于法文 la feuille，原意是纸张的一页、一小页，也指报告、报纸中各种各样新闻体裁的文章。但在中国，小品文的概念却相对集中，按鲁迅的说法是："讲小道理，或没道理，而又不是长篇的，才可谓之小品。"（《杂谈小品文》）

"小品"一词最早见于《世说新语·文学》，本指佛经节本，并无文体意义。至晚明始将"小品"用于概括短小轻隽的文章，系与经世致用的宏文巨制相对而言。如陈继儒《晚香堂小品》、陈仁锡《无梦园小品》、袁宏道《中郎小品》、朱国桢《涌幢小品》等。在新文化运动兴起后的 20 世纪 20 年代，小品文又称为"小品散文"或"散文

杂　文

类别不清的总杂文字。"杂文"一名始于刘勰《文心雕龙》。此书设"杂文"篇，专指韵、散混用的细小文体。在"五四"文学革命以后，杂文则泛指直接迅速反映社会事变的文艺性短论。内容广泛，形式多样，包括随感、杂谈、随笔、杂记等。鲁迅以"杂文"为针砭社会痼疾和时事的武器，"论时事不留面子，砭锢弊常取类型"，短小精悍，笔锋犀利，成为不朽的典范。

小品"，系泛指文学体裁中与诗歌、戏剧、小说并举的散文。1932年，林语堂创办《论语》半月刊，专门刊登盛极一时的小品文。1934年，则有《人间世》《太白》《新语林》《文饭小品》《芒种》《西北风》等以刊登小品文为主的刊物，同时出现了科学小品、历史小品、幽默小品、讽刺小品等名目。

在现代，小品文也被用作随笔、杂感乃至各类艺术性短文的别称。其基本特点是篇幅短小、主题明确；在事实基础上，用文学笔调和文艺形式，深入浅出、简明生动、夹叙夹议地或叙述事情，或介绍知识，或阐明道理；从而使读者在轻松阅读中获得某种知识、信息或启发，同时也获得艺术情趣的享受。因此，小品文依然是现代各种报刊上常见的文学样式，并受到各阶层读者的广泛喜爱。

鸳鸯蝴蝶派

从清末民初到中华人民共和国建立之前的中国都市通俗文学的泛称。某些带有轻松游戏风格的软性文学，有时也被戏称为"鸳鸯蝴蝶派"。早期作品以缠绵悱恻的言情小说为主，故得此名，简称"鸳蝴派"。又因其代表性刊物之一《礼拜六》而名"礼拜六派"。现在一般通称"民国旧派通俗文学"或"现代通俗文学"。其文学理念是以改良思想为主的"健康娱乐主义"，注重文学的消闲玩赏功能和市场效应。创作内容和种类包罗万象，有社会言情、武侠会党、公案侦探、历史掌故、滑稽志怪等类型。前期主要作家作品有包天笑《上海春秋》、徐枕亚《玉梨魂》、李涵秋《广陵潮》、周瘦鹃《此恨绵绵无绝期》、严独鹤《月夜箫声》、平江不肖生（向恺然）《江湖奇侠传》、程小青《霍桑探案》等，以南方城市为主要阵地。后期崛起张恨水、刘云若、秦瘦鸥、还珠楼主（李寿民）、宫白羽等作家，其重要作品有《啼笑因缘》《红杏出墙记》《秋海棠》《蜀山剑侠传》《偷拳》等，影响遍及全国。"五四"文学革命后，"鸳蝴派"与新文学处于既竞争又互补的状态，逐渐摆脱旧辞章气息和章回体结构，加强时代精神和艺术探索，与新文学共同完成了中国文学的现代性转型。

文学研究会

中国"五四"新文学运动中最早成立的文学社团。1921年1月4日在北京正式成立，发起人为郑振铎、沈雁冰、叶绍钧、许地山、王统照、耿济之、郭绍虞、周作人、孙伏园、朱希祖、瞿世英、蒋百里。后发展会员共达170余人。文学研究会把沈雁冰接编、经过革新的《小说月报》作为会刊，此外还陆续出版了《文学旬刊》等刊物，出版了以介绍外国文学作品为主，同时也注重本国新文学创作的"文学研究会丛书"200多种。文学研究会"以研究介绍世界文学，整理中国旧文学，创造新文学为宗旨"（《文学研究会简章》）。奉行的原则是："反对把文学作为消遣品，也反对把文学作为个人发泄牢骚的工具，主张文学为人生。"（沈雁冰《关于文学研究会》）从"为人生"出发，他们反对封建主义，反对"鸳鸯蝴蝶派"的游戏文学，反对唯美派脱离人生的"以文学为纯艺术"的观点，他们的创作大都以现实人生为题材，产生了一批所谓"问题小说"。在创作方法上，文学研究会的文学主张和创作实践均倾向于现实主义。由于时代限制和理论局限，他们的理论主张中常夹杂着自然主义成分。文学研究会十分重视外国文学的研究介绍。从促进中国新文学的发展和介绍世界的现代思想的目的出发，他们译介了俄国、法国、北欧、东欧、日本、印度等国的大批著名作家及其作品。

文学研究会不但是中国现代成立最早的文学社团，而且因其成员多，影响大，在流派发展上具有鲜明突出的特色，成为新文学运动中最为重要的一个文学社团。它的发起者与参与者后来有许多成为对中国新文学运动有卓越贡献的人物。1932年初《小说月报》停刊后，该会活动基本停顿。

中国"五四"新文学运动初期成立的文学团体。1921年7月由在日本留学的郭沫若、成仿吾、郁达夫、张资平、田汉、郑伯奇等人组成，1921年秋在上海出版发行了《创造社丛书》，后出版《创造》季刊、《创造周报》，编辑文学副刊《创造日》。前期的创造社主张尊重天才、为艺术而艺术、注重自我表现，强调文学必须忠实于自己"内心的要求"，这是其文艺思想的核心。他们的文学主张、创作以及所介绍的外国作品形成了浪漫主义和唯美主义的倾向。郭沫若的诗作、郁达夫的小说为其代表。其人道主义精神和个性解放思想，打破了封建文学"文以载道"的旧传统，虽也感染有欧洲"世纪末"文学种种现代流派的影响，但对"五四"

以来新文学的发展起了巨大的促进作用。

第一次国内革命战争期间，创造社主要成员大部分倾向革命，许多人先后参加了革命的实际工作。他们于1924年创刊《洪水》，1926年创办《创造月刊》，倡导无产阶级革命文学。新成员李初梨、冯乃超等受"左"倾思潮影响，批评了叶圣陶、郁达夫、鲁迅、郭沫若、张资平五位作家，从而引起了创造社、太阳社与鲁迅之间关于"革命文学"的论争。后期创造社受当时国际国内"左"倾思潮影响，理论倡导和文学活动不免带有教条主义、宗派主义和偏激情绪。然而在介绍马克思主义文艺理论和苏联新兴无产阶级文艺方面，以及倡导革命文学和革命文学理论建设方面，做出了较大贡献。1929年2月创造社为国民党当局封闭。随后创造社、太阳社的成员与包括鲁迅在内的进步作家合作，成立了中国左翼作家联盟。

1926年创造社同人摄于广州，左起：王独清、郭沫若、郁达夫、成仿吾

湖畔诗社

中国现代文学社团。1922 年 3 月，冯雪峰、应修人、潘漠华、汪静之出版了他们的合集《湖畔》，同年，又出版了汪静之的个人诗集《蕙的风》，1923 年再次出版合集《春的歌集》。文学史上称这四人及后来加入的魏金枝、谢旦如（澹如）等诗人为"湖畔诗人"。诗社没有固定的组织和章程，只是一种友爱的结合，成员绝大多数是浙江第一师范学校的学生。1925 年 2 月创办小型文学月刊《支那二月》，仅出两期。"五卅运动"之后，因为各人的思想变迁，湖畔诗社不复存在。与早期白话诗派的新诗先驱者不同，他们不是新、旧时代的过渡性人物，而是"五四"之后崛起的一代新人。他们的作品以抒情短诗为主，多表现对美好自然的向往

和对幸福的憧憬，独具一种单纯、清新、质朴的美。朱自清扼要地评析了湖畔诗人的艺术特色："潘漠华氏最凄苦，不胜掩抑之至；冯雪峰氏明快多了，笑中可也有泪；汪静之氏一味天真的稚气；应修人氏却嫌味儿淡些。"（《〈中国新文学大系〉诗集导言》）

语丝社

中国现代文学社团。因编辑出版《语丝》周刊得名。他们没有明确的组织机构，一般指刊物的编辑者及主要撰稿人而言。该刊于 1924 年 11 月 17 日在北京创刊。由孙伏园、周作人先后主编。主要撰稿人有鲁迅、周作人、林语堂、钱玄同、刘半农、章衣萍、冯文炳、俞平伯、江绍原等。1927 年 10 月，《语丝》被奉系军阀张作霖查封。

同年 12 月在上海复刊，为第 4 卷第 1 期。先后由鲁迅、柔石、李小峰主编。主要撰稿人为鲁迅、周作人、章衣萍、韩侍桁、杨骚、陈学昭等。1929 年 9 月自第 5 卷第 27 期起，改由北新书局编辑。1930 年 3 月 10 日出至第 5 卷第 52 期停刊，共出 260 期。《语丝》以发表短小犀利、针砭时弊的杂感、短评、随笔为主。其特色是"任意而谈，无所顾忌，要催促新的产生，对于有害于新的旧物，则竭力加以排击——但应该产生怎样的'新'，却并无明白的表示，而一到觉得有些危急之际，也还是故意隐约其词"（鲁迅《三闲集·我和〈语丝〉的始终》）。这种注重社会批评和文化批评的随笔文体，又称"语丝体"，在现代散文发展中影响甚大。语丝社成员创作风格也各有不同，除了议论性的杂感以外，也有林语堂所倡导的幽默小品文创作和像孙伏园的《伏园游记》、川岛的《月夜》等抒情小品佳作。

未名社

中国现代文学团体。1925 年 8 月成立于北京。由鲁迅发起，成员为鲁迅、韦素园、韦丛芜、李霁野、台静农、曹靖华六人。"未名"是"还未想定名目"的意思。其时鲁迅正为北新书局编辑专收译文的《未名丛刊》，遂以"未名"为社名，丛刊改由未名社发行。未名社主办的《莽原》周刊，1925 年 4 月 24 日创刊，由鲁迅主编，附《京报》发行，出至第 32 期休刊。1926 年 1 月 10 日改为半月刊出版，由未名社发行，先后由鲁迅、韦素园主编，出至第 48 期停刊。1928 年 1 月 10 日《未名》半月刊创刊，李霁野等编辑，1930 年 4 月 30 日出至第 2 卷第 9 ～ 12 期合刊号后停刊。1931 年春，未名社因经济困难和思想分歧，有结束之议，鲁迅遂声明退出。1933 年春，该社在京、沪报纸刊登启事宣布"将未名社及未名社出版部名义取消"。

未名社活动以译介外国文学为主，兼及文学创作。翻译的作品以俄国、北欧各国、英国文学居多，又努力介绍苏联文学，如果戈理、陀思妥耶夫斯基、安德列耶夫、托洛茨基、爱伦堡等。该社还印行了《未名新集》，其中有韦丛芜的《君山》，台静农的《地之子》和《建塔者》，鲁迅的《朝花夕拾》等。鲁迅评价未名社"是一个实地劳作，不尚叫嚣的小团体"（《曹靖华译〈苏联作家七人集〉序》）。

沉钟社

中国现代文学团体。1925 年秋成立于北京。因办《沉钟》周刊而得名。前身为 1922 年在上海成立的浅草社。主要成员有杨晦、陈翔鹤、陈炜谟、冯至等。《沉钟》周刊 1925 年 10 月 10 日创刊，至第 10 期停刊。1926 年 8 月 10 日，改为《沉钟》半月刊，至第 12 期又停刊。1933 年 10 月 15 日复刊，为第 13 期。1934 年 2 月 28 日出至第 34 期停刊。曾出版《沉钟丛书》七种，包括冯至诗集《昨日之歌》、陈翔鹤小说集《不安定的灵魂》、陈炜谟小说集《炉边》、杨晦译法国罗曼·罗兰著《贝多芬传》、冯至诗集《北游及其他》、杨晦戏剧集《除夕及其他》、郝荫潭长篇小说《逸路》等。

沉钟社以翻译与创作并重。翻

译了俄国安德列耶夫、契诃夫，匈牙利裴多菲，德国莱辛、歌德、霍夫曼，奥地利里尔克，法国伏尔泰、古尔蒙、法朗士，英国吉辛，瑞典斯特林堡，美国爱伦·坡等的作品。创作方面，他们多以知识青年的生活为题材，直抒对现实生活的不满，带有热烈而悲凉的艺术情调。他们总是认真地将真和美歌唱给与自己一样寂寞的人们。

沉钟社于1934年解散，此前时断时续，首尾将近十年。鲁迅曾誉之为"中国的最坚韧，最诚实，挣扎得最久的团体"（《〈中国新文学大系·小说二集〉导言》）。

新月社

中国现代文学社团。它的前身是1923年北京的新月社，先以聚餐会形式出现，后来发展为俱乐部。参加者有梁启超、胡适、徐志摩、余上沅、丁西林、林徽因等人。社名是徐志摩依据泰戈尔诗集《新月集》而起，意在以"它那纤弱的一弯分明暗示着，怀抱着未来的圆满"（徐志摩《新月的态度》）。1925年10月到1926年10月，徐志摩接编《晨报副刊》，办《诗镌》《剧刊》，撰稿人多数为新月社成员，或主要是新月社成员。他们提出"理智节制情感"的美学原则和诗的形式格律化的主张。闻一多、徐志摩和朱湘是创作上成就较大的诗人。1926年秋，北伐战争进入高潮，新月社成员有的南下，有的出国，俱乐部的活动遂告终止。1927年春，原新月社的骨干胡适、徐志摩、余上沅等人筹办新月书店，1928年3月创办《新月》月刊，新月社的活动由此而正式开始，参加的成员还有罗隆基、梁实秋、潘光旦、储安平、刘英士、张禹九、闻一多、邵洵美等人。除《新月》月刊外，新月书店还编辑出版了"现代文化丛书"及《诗刊》《新月诗选》等。1931年11月，新月社的发起人和骨干徐志摩坠机身亡，该社活动日衰。1933年6月，《新月》杂志出至第4卷第7期后停刊，书店为商务印书馆接收，新月社便宣告解散。

新月社的诗人们努力推行新诗格律化运动，相信"完美的形体是完美的精神唯一的表现"，努力追求诗歌"新格式与新音节的发见"（徐志摩《诗刊弁言》），对于新诗格律化和艺术美的探求有一定积极意义。新月社还于1926年推行"国剧运动"，创办了国立北京艺术专门学校（后改为国立北平艺术专科学校）戏剧系，并在《晨报副刊》上开辟《剧刊》周刊，汇编了《国剧运动》一书，主张在新文学戏剧运动中借鉴传统的中国戏剧艺术。新月社还介绍了莎士比亚、易卜生、奥尼尔、波德莱尔、勃莱克等西方各种流派作家及西方现代诗人。他们的这些艺术活动、介绍及创作实践，对于新文学的发展做出了积极贡献。

新月社虽然不是纯文艺的团体，其主要活动和影响却在文艺方面。在文艺思想和文艺运动中，新月社有一个逐渐右转乃至与进步文艺阵营相对抗的过程，因此曾受到以鲁迅为代表的进步文艺阵营的批评。

太阳社

中国现代文学团体。1927年秋在上海成立。发起人蒋光慈、钱杏邨（阿英）、孟超、杨邨人等。太阳社的主要成员大都是中国共产党党员。先后编辑出版了《太阳月刊》《时代文艺》《新流月报》《拓荒者》《海风周报》等刊物，以及"太阳小丛书"（"太阳社丛书"）等。1929年底太阳社自动解散，1930年春全部成员加入中国左翼作家联盟。

1928 年 1 月在《太阳月刊》创刊号上，发表了蒋光慈的《关于革命文学》、钱杏邨的《死去的阿 Q 时代》等文章，与后期创造社成员一起发起和倡导无产阶级革命文学运动。《太阳月刊》与创造社的《文化批判》等一起，成为提倡革命文学的主要刊物。另外，《拓荒者》也刊载了大量革命文学作品和许多倡导无产阶级文学的论文、译文，及关于文艺大众化讨论的文章。这些文章力图用马克思主义观点，阐发无产阶级革命文学运动中的一些重要理论问题。由于受到当时中国共产党党内"左"倾思潮的影响，太阳社在理论和创作上曾带有过激的偏向。他们强调文学是一种宣传工具，尤其是否定"五四"以来的新文学传统，把批判的矛头直接指向鲁迅、茅盾等新文学先驱者，从而引发了一场关于革命文学的性质与功能等问题的激烈论争。

南国社

中国文艺团体。1927 年冬成立于上海，领导人田汉。

1924 年，田汉与其妻易漱瑜受新文化运动影响创办文艺刊物《南国半月刊》。1926 年，田汉与唐槐秋、唐琳、顾梦鹤等创办南国电影剧社，从事电影的制作，摄制了影片《到民间去》；1927 年初又摄制《断笛余音》，同时开始演出话剧。是年，田汉进入上海艺术大学文学系执教，和欧阳予倩、唐槐秋、高百岁等举办"艺术鱼龙会"，演出了田汉编写的《生之意志》《名优之死》等七部话剧和欧阳予倩编写的京剧《潘金莲》，获得成功。1927 年冬，南国电影剧社改组为南国社，拟从事文学、电影、音乐、戏剧、美术、出版等文艺活动。南国社成立后即开办南国艺术学院，田汉任院长，田汉、徐悲鸿、欧阳予倩分任文学、美术、戏剧等科主任。以"培植能与时代共痛痒而又有定见实学的艺术运动人才"（《我们自己的批判》）为办学宗旨。半年后，南国艺术学院因政治、经济等原因被迫停办，田汉即致力于领导南国社的戏剧活动。

南国社戏剧的演出以它1930年"转向"革命戏剧运动为界线，可分为前后两个时期。前期包括1928年12月至1929年七八月间在上海、南京、无锡、广州等地的演出活动。这时期上演了田汉创作的《湖上的悲剧》《江村小景》《苏州夜话》《颤栗》《古潭的声音》《火之跳舞》《第五号病室》《南归》以及根据王尔德同名独幕剧改编的《莎乐美》等。这些剧目不同程度地发出对帝国主义操纵下的军阀混战和封建势力的抗议、控诉及改革社会的呼声。同时，又渗透着寻求光明而又找不到正确出路的迷惘情绪，反映了小资产阶级知识分子在革命低潮时思想上的矛盾和苦闷。演出在青年观众中引起强烈反响。

1929年田汉创作短剧《一致》，先后在无锡、上海演出。此剧的演出成为南国社向左转向的标志。同

《潘金莲》剧照（南国社演出）

年秋后，中国共产党提出无产阶级戏剧的口号，田汉由此找到了南国社左转的方向。1930年4月，他发表了长达数万字的《我们自己的批判》，全面检查和批判了自己和南国社戏剧活动中的小资产阶级非政治倾向的错误和缺点，南国社从此进入戏剧活动后期。1930年6月11—13日，南国社在上海中央大戏院演出田汉根据法国梅里美同名小说改编的《卡门》，成功地塑造了一个酷爱自由、敢于反抗压迫的妇女形象，是一出"借外国故事来发挥革命感情影响中国现实"的剧目，演出后第三天，遭到反动当局禁演。1930年9月，南国社被查封。社中绝大部分成员在田汉率领下加入左翼戏剧运动。

南国社戏剧在内容上发展了"五四"时期的爱美剧，由于成员多属小资产阶级青年，他们对黑暗现实的反抗往往带有伤感成分和浪漫色彩，形成南国社话剧以对现实的不满和反抗为主调，而又带有忧郁色彩的抒情特点。它的戏剧演出着眼于揭示内容和人物思想，在表演上摒弃文明戏遗留下来的装腔作势的程式化演技，朴素自然，富有生活气息。他们注意学习传统戏曲的表现手法，采用简单的舞台布置，不用硬景或绘景，而代之以布条制作的布景，突出灯光的作用。1929年，南国社在南京晓庄师范学校演出时，在舞台的桌椅上覆上白布与黑布，配成一种黑白相间的幕景，用蜡灯和煤油灯照明。演出《苏州夜话》时则用一条横板并点上十多个烛头代替"脚灯"，革新了舞台演出形式，表现出一种清新、自由、奔放而富有反抗的精神。南国社戏剧活动较彻底地摆脱了对外国戏剧的模仿并挣脱了文明戏的束缚，在中国话剧史上起着承前启后的重大作用。南国社的成员，以后不少成为中国戏剧、电影、音乐、美术等方面的骨干人才，如唐槐秋、陈凝秋（塞克）、陈白尘、赵铭彝、金焰、郑君里、张曙、吴作人等。

象征派

20世纪20—30年代中国新诗创作中的一个流派。源出于19世纪末法国兴起的象征主义。中国"五四"文学革命初期，《新青年》《新潮》《少年中国》《小说月报》等杂志，对象征主义的文学思潮及创作有所介绍和评述。曾留学法国的李金髮的《微雨》（1925）等诗集，是中国最早出现的象征主义新诗。他用欧化的句法和晦涩的语言表现颓废朦胧的思想和情调，被朱自清称为是把法国象征派手法第一个介绍给中国诗的诗人。此后取法于法国象征派诗而进行新诗创作的，还有王独清、穆木天、冯乃超、戴望舒、姚蓬子等人。抗日战争爆发后，这个流派的诗风逐渐衰落，一些诗人或走向现实主义，或吸收象征主义方法进而发展创新到现代主义的阶段。

中国左翼作家联盟

中国共产党领导的进步作家联盟。简称"左联"。1928—1929年间的革命文学论争，在中国传播了马克思主义文艺理论；世界各国无产阶级文艺团体的建立对中国革命作家的联合起了推动作用；1929年国民党提出"三民主义的文艺政策"清理统一文坛，扼杀革命文学。在这种情况下，中国共产党指示创造社、太阳社联合鲁迅以及其他革命"同路人"，成立统一的革命文学组织，以对抗国民党的文化围剿。

中国左翼作家联盟成立大会于1930年3月2日在上海中华艺术大学举行。到会的有鲁迅、画室（冯雪峰）等四十余人。会上通过了左联的理论纲领，宣布以"站在无产阶级的解放斗争的战线上"，"援助

而且从事无产阶级艺术的产生"作为"左联"的奋斗目标。选举沈端先（夏衍）、冯乃超、钱杏邨（阿英）、鲁迅、田汉、郑伯奇、洪灵菲七人为常务委员，周全平、蒋光慈为候补委员。鲁迅作了后来题为《对于左翼作家联盟的意见》的重要讲话。讲话深刻总结了革命文学倡导过程中的经验教训，严厉批评了某些革命作家盲目乐观的心态，提出坚持长期斗争的韧性战斗原则，强调革命作家一定要接触实际的社会斗争。最初的盟员有五十余人，郭沫若、茅盾、郁达夫等人都

中国左翼作家联盟在上海的旧址

参加了左联。

左联一成立，立即遭到国民党政府的破坏和镇压，如取缔"左联"组织，通缉左联盟员，颁布各种法令条例，封闭书店，查禁刊物和书籍，检查稿件，拘捕刑讯，秘密杀戮革命文艺工作者等。人们习惯称为"左联五烈士"的李伟森（李求实，左翼文化工作者，不是左联成员）、柔石、胡也频、殷夫、冯铿，就是1931年2月7日被国民党政府秘密杀害于上海龙华国民党警备司令部的。

左联成立后，除上海总盟外，还先后建立了北平左联、东京分盟、天津支部，以及保定小组、广州小组、南京小组等地区组织，吸引了大批追求革命的文学青年。左联的领导机构起初是常务委员会，后改称执行委员会（或两者同时并存），设秘书处，有行政书记负责日常工作。担任过左联领导工作的，除成立大会选出的常务委员外，后来还有茅盾、冯雪峰、柔石、丁玲、胡风、以群、任白戈、徐懋庸、何家槐、林淡秋等。左联内有中国共产党的组织"党团"，先后担任党团书记的有冯乃超、冯雪峰、阳翰笙、丁玲、周扬等。在组织上，左联接受中共中央宣传部文化工作委员会的领导。

左联成立后，先后出版的刊物有《萌芽月刊》《拓荒者》《巴尔底山》《世界文化》《文学导报》《北斗》《文学》半月刊、《文学周报》等，另外接办和改组了《大众文艺》《现代小说》《文艺新闻》等期刊。成立了马克思主义文艺理论研究会，在对马克思主义文艺理论的翻译、介绍和研究工作上，鲁迅、瞿秋白、茅盾、冯雪峰等人都做了很多工作，在他们的努力下，在中国第一次出现了建立在唯物史观基础上的马克思主义文艺批评，对这一时期以及以后的文学创作起了很大的指导作用。其成员曾与新月派、"民族主义文艺运动"、"自由人"、"第三种人"及"论语派"等的文艺观点，进行论争与批评。

与此同时，左联自觉地加强了

1928 年郭沫若（前排居中者）与在东京的左翼作家联盟成员合影

和世界文学，特别是世界无产阶级文学运动的联系。1930 年 11 月，左联加入了国际革命作家联盟，成为它的一个支部。还以极大的努力输入了苏联及其他国家的文学作品，并同时把一部分中国现代作家的作品翻译介绍到了国外。

左联领导的左翼文艺运动，在创作方面取得了巨大成就。鲁迅的《故事新编》以及他和瞿秋白的杂文，茅盾的《子夜》《林家铺子》《春蚕》，蒋光慈《咆哮了的土地》，丁玲、张天翼、叶紫等人的小说，田汉、洪琛、夏衍等人的剧作，中国诗歌会诸诗人的诗歌，都以其思想和艺术上新的拓展显示了左翼文艺的实绩，产生了广泛的影响。还培养了沙汀、艾芜、叶紫、艾青等一批文坛新秀，推动了整个 30 年代进步文艺的发展繁荣。

左联在创作理论和实践上也存在着一些弱点，在理论上，左联并未彻底克服无产阶级文学倡导运动中出现的简单机械的观点，还曾接受苏联"拉普"的"唯物辩证法的创作方法"等理论。在初期的左翼创作中，比较明显地存在着公式化、概念化的倾向。

左联为中国新文学的发展建立了重大的功勋，有力地粉碎了国民党当局的文化"围剿"，培养了一批革命文艺事业的骨干，为建设人民大众的革命文艺做出了卓越的贡献。1936年春，为了适应抗日救亡运动的新形势，左联自行解散。

论语派

中国现代文学流派。因《论语》半月刊而得名。《论语》1932年9月16日在上海创刊，1937年8月1日因抗日战争爆发停刊。1946年12月1日复刊，1949年5月停刊，共出177期。先后由林语堂、陶亢德、郁达夫、邵洵美等担任主编。除此之外，林语堂还先后主办《人间世》（1934—1935）、《宇宙风》（1935—1947）等刊物。

林语堂是论语派的领袖和主要代表人物，他始办《论语》，即提倡幽默，倡言"不谈政治"，自命"言志派"，反对涉及"党派政治"的"载道派"。这就与当时主流派作家强调意识形态，强调文艺的社会使命感相左，自然引起以鲁迅为代表的左翼阵营作家的批评。其实，论语派作品的主体内容还是文化批评。在他们的刊物中，也时时涉及社会政治内容，当局者"攘外须先安内"的方针、专制压制舆论的行径、贪官污吏的腐败污浊等，均为其婉讽的对象。

林语堂是在解读西方散文，尤其是英国随笔的基础上，形成以"闲适""性灵""幽默"为核心内涵的小品文创作理论。他提倡"以自我为中心，以闲适为格调"，意在创造一种散文笔调，从而拓展现

代散文的审美表现领域。林语堂的小品文文化含量较高，其艺术性也被广泛认可。20 世纪 30 年代文坛上曾风行幽默与闲适小品的创作，就是林语堂等论语派作家身体力行和推波助澜的结果。

中国诗歌会

中国现代诗歌团体。1932 年 9 月成立于上海，发起人穆木天、杨骚、任钧（森堡）、蒲风等。成立的目的是为了与新月派、现代派对新诗坛的影响针锋相对，推进和发展现实主义的诗歌运动。其理论与实践主要有二：一是"捉住现实"，继承和发扬新诗的现实战斗传统，以诗歌为武器，从事反帝反封建的斗争；二是"大众歌调"，向民间歌谣学习，创作大众化的诗歌，使诗歌普及到群众中去。诗歌会的出现，反映了"左联"时期诗歌发展的革命现实主义趋向。除上海总会外，还在北平、广州、青岛，以及日本的东京等地建立了分会，涌现出王亚平、温流等一批青年诗人。1933 年 2 月，创办机关刊物《新诗歌》旬刊（后改为半月刊、月刊）。《新诗歌》曾出版"歌谣专号"，大量刊登采用民歌、小调、鼓词、儿歌等民间艺术形式写作的新诗。中国诗歌会建设新诗的主张和行动，曾得到鲁迅等人的关心和支持。1935 年冬，当"国防诗歌"被作为"国防文学"的一部分提出时，中国诗歌会的诗人们投身于抗日救亡诗歌的创作，并在 1937 年出版了"国防诗歌丛书"。"七七事变"前夕，诗歌会停止活动。

中华全国文艺界抗敌协会

中国抗日战争时期全国文艺界的群众团体。简称"文协"。1938年3月27日在汉口（今武汉）成立。抗日战争时期为广泛团结一切抗日力量而建立的全国性文艺界统一战线组织。发起人包括文艺界各方面的代表人士97人。成立大会通过了《中华全国文艺界抗敌协会宣言》《告全世界的文艺家书》，以及该会的发起旨趣、简章等文件。在简章中确定协会的宗旨是："联合全国文艺作家共同反对日本帝国主义的侵略，完成中国民族自由解放，建设中国民族革命的文艺，并保障作家的权益。"大会选出郭沫若、茅盾、郑振铎、郁达夫、许地山、朱光潜、老舍、吴组缃、朱自清、巴金、丁玲、冯乃超、夏衍、田汉、楼适夷、胡风、阳翰笙、孔罗荪、冯玉祥、邵力子、张道藩、姚蓬子、胡秋原、王平陵、陈西滢等45人为理事，周扬、曾虚白等15人为候补理事，周恩来、孙科、陈立夫为名誉理事，并推选老舍、华林为总务部正副主任，由老舍主持文协的日常工作。文协下属分会及通讯处多达数十个，成立分会的有广州、成都、昆明、桂林、香港、襄阳、晋东南、延安、贵阳、曲江、上海等地。

文协发出了"文章下乡，文章入伍"的号召，鼓励作家深入斗争实际。多次组织作家战地服务团、访问团奔赴各战区进行访问、慰劳和抗日宣传工作，提倡文艺为抗日战争服务。组织编写了数十种通俗读物和《抗战小丛书》，大力倡导通俗文艺，得到许多作家的响应，创作了大量鼓词、街头剧、墙头诗等通俗文艺作品。举办了多次学术座谈会、讨论会和报告会，就诗歌如何为抗战服务以及有关小说创作的问题进行探讨。组织了有关中外文化名人如鲁迅、高尔基、普希金、罗曼·罗兰等人的纪念活动，产生了良好影响。文协还发起保障作家权益、救济贫病作家、营救被捕进步作家的活动，取得了成效。文协于 1945 年 3 月召开的第六届年会上决定 5 月 4 日作为文艺节，要求切实保障作家的人身自由和创作自由。文协曾出版会刊《抗战文艺》，自 1938 年 5 月 4 日创刊至 1946 年 5 月 4 日停刊，先后正式出版 71 期，是纵贯抗日战争时期唯一的全国性文艺刊物。抗战胜利后，1945 年 10 月 10 日，中华全国文艺界抗敌协会更名中华全国文艺界协会。

文协对领导全国文艺界的抗日斗争，促进作家、艺术家空前广泛的团结对敌，发展抗战文艺创作，都发挥了重要作用，产生了广泛的社会影响。

鲁迅艺术学院

中国现代文艺社团。又名鲁迅艺术文学院，简称"鲁艺"。1938 年在中国共产党领导下成立于延安。该院设有戏剧、音乐、美术、文学等系，并附属有实验剧团——和平剧团。沙可夫、赵毅敏、周扬等人出任院长，担任系主任或教员的有张庚、吕骥、蔡若虹、何其芳、陈荒煤、茅盾、冼星海、周立波、艾青、王朝闻等人。在延安文艺座谈会后，文艺界经过整风运动，鲁艺进行教学改革，努力实践文艺新方向，创作出秧歌剧《兄妹开荒》、新歌剧《白毛女》等一些有影响的作品。1943 年 3 月，鲁艺与延安大学合并，成为延安大学文艺学院。抗日战争胜利后，鲁艺师生组成文艺工作团一团和二团，分别赴华北和东北的新解放区，开展配合第三次国内革命战争所需的工作。随后一团与华北联合大学文艺学院合并，二团改建为东北鲁迅文艺学院。鲁艺在1938—1945年间，造就了大批专门人才，其中不少人在革命战争时期和社会主义建设时期担当起文艺部门的领导重任，很多人则成了文艺领域的专业骨干，为建设和发展人民文艺事业发挥了重要作用，做出了不少贡献。另外，抗战时期苏北地区也设有鲁迅艺术学院，培养了大批革命文艺干部。